BASTEI LÜBBE

BASTEI LÜBBE

FRAUEN

Dagmar Hansen

Frühstück mit Puschkin

BASTEI LÜBBE TASCHENBUCH
Band 16213

1. Auflage: Oktober 2000

Vollständige Taschenbuchausgabe
der im Gustav Lübbe Verlag
erschienenen Hardcoverausgabe

Bastei Lübbe Taschenbücher ist ein Imprint
der Verlagsgruppe Lübbe

Titelillustration: DYADEsign, Düsseldorf
Umschlaggestaltung: K. K. K.
Satz: Dörlemann Satz, Lemförde
Druck und Verarbeitung: Ebner Ulm
Printed in Germany
ISBN 3-404-16213-7

Sie finden uns im Internet unter
http://www.luebbe.de

Der Preis dieses Bandes versteht sich einschließlich
der gesetzlichen Mehrwertsteuer.

1

Silke lud mich ein, das Bett mit ihr zu teilen.

»Komm, Süßer«, lockte sie. Ich schenkte ihr einen verächtlichen Blick, bevor ich unterm Sofa verschwand. Prompt kam sie auf allen vieren angekrochen, lugte unter das Möbel, fuhr eine Hand aus, um mich hinter den Ohren zu kraulen, und schmeichelte dabei, daß einem übel werden konnte: »Ach Puschkin. Du bist doch mein Großer, mein Bester, mein Schönster. Komm doch ins Bettchen …« und so weiter und so fort. Sie mußte mich mit einem Hund verwechseln, die fallen ja auf jedes Manöver rein. Ich entzog mich ihren streichelnden Fingern in die äußerste Ecke und hielt ganz still. Silke gab auf. Ächzend stemmte sie sich hoch, sagte hoffnungsvoll: »Ich lass die Schlafzimmertür offen … falls du es dir anders überlegst.« Da konnte sie warten, bis Mäuse fliegen lernen. Was sie sich selbst zuzuschreiben hatte. Es stört mich ja nicht, daß *sie* in *meinem* Bett liegt, ja sogar den meisten Platz für sich beansprucht. Ich dulde sogar die streng riechenden Männchen, die sie zum Spielen mitbringt. Ich gönne ihr den kleinen Spaß im Bett, ich sehe ja ein, daß es ihr schwerfallen würde, auf Bäume zu klettern, um sich fitzuhalten. Außerdem sind die Männchen nur Zaungäste: Sie kommen und gehen ein paarmal, dann bleiben sie weg. Silke ist daraufhin stets betrübt, vergießt Ströme von Tränen, jammert ihren Freundinnen am Telefon die Ohren voll. In der Güte meines Herzens spende ich Trost: Ich liege stundenlang auf ihrem Schoß, schnurre, was das Zeug hält, lasse mich streicheln und kraulen, während sie mir versichert, daß ich ihr Allerbester sei, daß sie gar nicht wüßte, was sie ohne mich anfangen solle, und daß die Kerle sich ruhig mal ein Scheibchen von mir abschneiden könnten, so lieb und zärtlich wie ich sei. Auf mich könne man sich wenigstens verlassen … Ich schnurre weiter und lasse sie reden, und wie von Zauberhand tauchen prompt die köstlichsten Sachen in meiner Schüssel auf …

Aber ich schweife ab. Ich wollte ja berichten, warum ich heute nacht nicht in meinem Bett liege, sondern unter dem Sofa, am Boden, mit dem Rücken zur Wand. Der Grund ist, daß ich einer heimtückischen Invasion zum Opfer gefallen bin und nun meine Wunden lecke. Jawohl: Vor genau vier Stunden durchbrach der Feind in einem einzigen Handstreich sämtliche Verteidigungslinien, eroberte das Feld und ruht sich nun in *meinem* Bett auf seinen Lorbeeren aus!

Ein schwächerer Charakter als ich hätte Zeter und Mordio geschrien und dem Feind ein Auge ausgekratzt. Ein absolutes Weichei hätte sich sein Futter wegfressen lassen und anschließend noch seinen Schwanz für ein Haschmich-Spiel zur Verfügung gestellt. Ein Hund – intelligenzmäßig knapp unter Regenwurmniveau angesiedelt – hätte den Gegner versehentlich überrannt, um ihn anschließend begeistert von oben bis unten abzuschlekken – allein bei dem Gedanken würgt es mich. *Ich* zeige die kalte Schulter, hülle mich in Verachtung. Adel verpflichtet! Nicht umsonst war mein Vater Perser, meine Mutter norwegische Waldkatze. Gut, sie hatte einen Schuß bürgerliches Blut – aber man hat es ihr nicht angesehen! Was man vom Feind nun wirklich nicht behaupten konnte. Ich warf ein Auge auf ihn, durch die Gitterstäbe des Transportkorbes hindurch, und dachte: Durch und durch ein Prolet.

Silke kam später als sonst von der Arbeit. Ich lag auf dem Sofa auf meiner Decke, döste vor mich hin, um mich über ein leise nagendes Hungergefühl hinwegzuträumen. Leider bekomme ich mein Abendessen ja des öfteren nicht so pünktlich serviert, wie ich es gerne hätte. Als ich das Kratzen des Schlüssels im Schloß vernahm, bebten meine Schnurrhaare in Vorfreude. Jetzt noch von der Couch gehüpft, zur Tür geschlendert und Silke zur Begrüßung dreimal um die Beine gestrichen … was tut man nicht alles, um Menschen glücklich zu machen. Ich erhob mich, streckte mich – nur keine ungesunde Hast!–, als ich ein Geräusch vernahm, das mir das Blut in den Adern gefrieren ließ: »Meee-uuu«, hörte ich. »Meee-uuu!«

Ich erstarrte. Mein Fell (schwarz, lang, dicht, glänzend – nur zur Information) sträubte sich. Ich kauerte da, sprungbereit, riß die Augen auf (leuchtend goldgelb, von beeindruckender Schönheit). Und da stand Silke schon im Wohnzimmer, mit meinem Transportkorb in der Hand. Darin befand sich ein rattengroßes, rotgestromtes Individuum männlichen Geschlechts, das wimmernd vor sich hin lärmte: »Me-uu, Mee-uu!« Gestalt und Stimme wiesen entfernte Ähnlichkeit mit einem Vertreter meiner Spezies auf: Felis silvestris catus. Der Name ist ja nicht geschützt, und mein Latein reicht leider nicht aus, um peinliche Gossenmischung mit Tütenohren angemessen zu übersetzen.

Ich war so konsterniert, daß sich mir ein Fauchen entrang. Zu mehr kam ich nicht, denn Silke hatte den Korb abgestellt und war schon über mir. Ehe ich mich's versah, hatte sie mich hochgenommen und drückte mich an sich. »Puschkin! Süßer! Wer wird denn fauchen? Schau mal, wen ich für dich mitgebracht habe!«

Für mich?! Zum Abendessen etwa?! So ein zähes Bündel Fell und Knochen?

Sie schleppte mich zum Korb und setzte mich auf dem Boden ab. Das nervtötende Wimmern war verstummt, wenigstens etwas.

»Er heißt Nemo! Ist er nicht ein goldiger kleiner Kerl?« plauderte Silke. »Ich hab ihn aus dem Tierheim. Ich dachte mir, du bist den ganzen Tag allein, du hättest bestimmt gern einen Spielgefährten …«

Spielgefährten? Und das allen Ernstes zu mir. Dabei hatte sie erst letztens zu ihrer Freundin Karin am Telefon gesagt: »Puschkin? Ach, der ist schon acht … ja, ja … ein Kater in den allerbesten Jahren!«

Silke öffnete jetzt den Korb. Heraus schlüpfte der Prolet. Wie der Teufel aus der Kiste kam er auf mich zugeschossen. Ich fauchte, was ihn dazu brachte, mitten im Schwung abzubremsen. Er kam ins Rutschen auf dem glatten Parkett und überkugelte sich. Das erheiterte Silke ungemein. »Ist er nicht putzig?« fragte sie mich. Ihre Augen glänzten, ein zärtliches Lächeln lag um ihre Lippen. O ja, ich kann in den Gesichtern der Menschen lesen, und was ich in ihrem las, erschütterte mich zutiefst. Da waren Mutterinstinkte machtvoll, wenn auch gänzlich fehlgeleitet, an die Oberfläche gedrängt. Dabei besaß sie noch nicht mal ein Fell, von Zitzen ganz zu schweigen!

Der Prolet hatte sich aufgerappelt und kam auf mich zugestakst, mit gesträubtem Pelz, den dünnen Schwanz aufgeplustert wie eine Flaschenbürste. Ich saß stocksteif, während ich versuchte, ihn kraft meines goldgelben Blickes dazu zu bringen, tot umzufallen. Den Gefallen tat er mir nicht, sondern rückte weiter vor. Ich schlug warnend mit der Schwanzspitze. Er sprang drauf zu, in dem Irrglauben, er dürfe sich daran vergreifen. Ich fauchte noch einmal, wich ein paar Pfotenlängen zurück. Silke sagte tadelnd: »Puschkin! Er tut dir doch nichts.«

Ha! Von wegen! Die Tarnung war abgefallen! Ich wußte Bescheid. Unter dem Proletenpelz, rostig, mit verschossenen Punkten und Streifen, lauerte der Feind! Silke nahm ihn hoch, er fing an zu schnurren. O wie schmerzte dieses ordinär laute Brummen in meinen empfindlichen Ohren. Sie lächelte entzückt, murmelte: »Och, kannst du schön schnurren …« Ich sah sie nur an. Sie hatte den Anstand, schuldbewußt zusammenzuzucken, und beteuerte: »Aber du schnurrst natürlich viel schöner …« Sie bückte sich, mit dem triumphierenden Feind auf dem Arm, und wollte mich streicheln. Das war zuviel. Ich wandte mich um, schritt mit aller Würde, die ich aufbringen konnte, davon und verschwand unter dem Sessel. Die Schlacht war geschlagen. Der Feind hatte das Feld erobert, damit mußte ich mich abfinden. Aber kommt Zeit, kommt Rat. Nicht alle kleinen Kater werden groß. Nicht jeder besitzt genügend Intelligenz, um nach rechts und links zu schauen, bevor er über die Straße geht. Manch einer stellt sich auch als Zielscheibe für Luftgewehre zur Verfügung. Oder läßt sich mit Nahrungsmitteln bestechen, um sodann spurlos zu verschwinden ... *Ich* wäre ja nie so dumm, mich draußen von wildfremden Menschen antatschen zu lassen ... aber dieser schmeichelnde Dummbeutel, der sich schon in der Küche breitgemacht hatte, wo Silke mit Leckerdosen hantierte, war doch geradezu prädestiniert für ein solches Ende ...

Übrigens ließ ich mir mein Dinner nicht wegfressen. Ich verzehrte erst seine Portion und dann meine, dazu die angenehm temperierte Dosenmilch mit Wasser. Ich war einfach schneller als er und machte mich außerdem so breit, daß er keine Chance hatte, seine schweinchenrosa Nase in die Schüssel zu stecken. Silke schob mich daraufhin sanft, aber bestimmt zur Katzentür auf die Terrasse hinaus. Na ja, ich hätte sowieso einen kleinen Verdauungsspaziergang gemacht. Er wurde mir allerdings vergällt durch die Vorstellung, was der Feind in meiner Abwesenheit alles anstellen mochte. Spielte er Fang-das-Mäuschen mit Silke? Streichelte sie ihn? Lag er auf ihrem Schoß? Knabberte er an ihren Fingern? Benutzte er mein Klo? Lag er auf meiner Decke, auf meinem Sofa? Bekam er etwa irgendeinen Leckerbissen zugesteckt, der mir vorenthalten wurde?

Ich stromerte ziellos durch den Garten. Es wurde langsam dunkel. Es huschte und raschelte ringsumher – die Mäuse wurden munter. Sie ließen mich kalt. Ein paar Grillen zirpten im Efeu. Ich ließ sie zirpen, sie schmecken sowieso nicht. Ich schlich zurück zur Terrasse. Meine Ohren, so fein, daß ich ein Eichhörnchen in hundert Metern Entfernung husten hören kann, vernahmen nur eins: Silkes schmeichelnde Stimme. »Nemo! Hall-oo! Ach, du bist so ein süßer kleiner Schnurrimurri …«

Als ich wieder ins Wohnzimmer schlüpfte, lag Silke auf dem Sofa. Sie hatte die Augen geschlossen und streichelte mit verzücktem Gesichtsausdruck den Feind, der sich unter ihrem Kinn eingekuschelt hatte. Sein Schnurren ließ die Wände erzittern. Dabei war er wirklich nicht größer als eine Ratte. Ein einziger Biß ins Genick, ein bißchen schütteln …

Ich legte mich unter den Couchtisch, um Silke so lange mit Blicken zu bombardieren, bis sie die Augen aufmachen, den Feind abklauben und sich mir zuwenden würde. Doch ehe ich mich recht konzentrieren konnte, klingelte das schnurlose Telefon, das sie wie immer in Griffweite deponiert hatte. Schwupp, lag der verdutzte Feind auf der Decke am Fußende des Sofas (unnötig zu erwähnen, daß es sich selbstverständlich um *meine* Decke handelte), Silke hatte das Telefon am Ohr, drückte die grüne Taste und sagte erwartungsvoll: »Silke Schneider, hallo?«

Ich spitzte die Ohren und wickelte meinen Schwanz um die Pfoten. Wer mochte dran sein? Karin, Iris, Anja? Irgendein Männchen? Nein, unwahrscheinlich, weil Silke erst kürzlich aus einer mittelschweren Depression aufgetaucht war, die darauf zurückzuführen war, daß ein

Männchen namens Walter ihr den Laufpaß gegeben hatte. Eine nähere Bekanntschaft war mir erspart geblieben. Silke kreuzte nur einmal mit Walter im Schlepp hier auf. Ich konnte ihm sofort einen Namen zuordnen, weil ich erst am Tag zuvor rein zufällig ein Telefonat zwischen Silke und Iris mitbekommen hatte.

»Du, er ist einfach Wahnsinn«, schwärmte Silke. »Trainer im Fitneßstudio. Über einsachtzig groß, ein Body wie Schwarzenegger ...« Sie lachte. »Und so was von süß! Wir hatten uns im Stadtpark verabredet, zum Entenfüttern. Endlich mal kein Typ, der einem gleich beim ersten Mal an die Wäsche will! Weißt du, was er mir mitgebracht hat?«

Iris verneinte.

»Ein Glas mit Dreifruchtmarmelade! Selbstgekocht von seiner Mutter.«

»Ist nicht möglich ...«, kam es ziemlich lahm von Iris, die eine Schwäche für Schmuck hat, je mehr auf einmal, desto besser. Sie glitzert und funkelt, klirrt und klimpert, daß es eine Wonne ist.

»Und wie heißt diese Perle unter den Kerlen?«

»Walter«, gab Silke zurück. »Er kann ja nichts dafür.«

»Na ja«, meinte Iris. »Du kannst ihn ja Tarzan nennen oder so.«

»Nur kein Neid«, gab Silke entzückt zurück und erläuterte, warum sie nun unbedingt Schluß machen müsse: Da sie morgen abend gleich nach der Arbeit mit Walter im »Sunset« verabredet sei (wo man sich übrigens auch kennengelernt habe), sei es unbedingt vonnöten, daß sie sich heute abend noch die Haare wasche und eindrehe, Fuß- und Fingernägel lackiere, die Augenbrauen zupfe, eine Gurkenmaske auflege, Bein- und Achselhaare entferne und das passende Outfit zusammenstelle (nicht zu sexy fürs Büro, aber sexy genug für Walter). Iris gab noch ein paar gute Tips (den BH kannst du dir schenken, die Kerle haben sowieso immer Probleme mit den Häkchen, und zieh die großen Goldohrringe an, die haben was Verruchtes) und drohte an, daß sie auch mal kurz im »Sunset« reinschauen würde, um ein Auge auf Tarzan zu werfen, diskret natürlich. Dann war das Gespräch tatsächlich beendet. Ich seufzte, denn es war klar, daß mein Dinner morgen nicht vor zehn Uhr serviert werden würde.

Als Silke am nächsten Abend – die Kuckucksuhr schlug gerade halb elf – mit einem Kleiderschrank in Muscle-Shirt und buntgemusterter Trainingshose heimkam, folgerte ich sogleich, daß es sich nur um Walter handeln konnte. Walter, den pythondicken Arm um Silkes Taille geschlungen, erblickte meine Wenigkeit auf dem Sofa und prallte zurück.

»Eine Katze!« fiepte er wie eine Maus in Todesangst. »Du hast eine Katze!«

»Einen Kater!« verbesserte Silke stolz. »Er heißt Puschkin!«

Der Kleiderschrank wich zurück, Zentimeter um Zentimeter, den Blick starr auf mich gerichtet, als habe er Angst, ich würde jeden Augenblick über ihn herfallen.

»Walter!« kam es erschrocken von Silke. »Was ist denn los?«

Walter blieb stehen. Der Angstschweiß war ihm ausgebrochen, ich konnte ihn mühelos unter der Wolke von Duftwasser herausfiltern. Das war ja interessant!

Ich sprang vom Sofa herunter und schlenderte lässig auf ihn zu.

»Silke«, stöhnte Walter. Er schlotterte am ganzen Leibe und wies nun weniger Ähnlichkeit mit einem Kleiderschrank als mit einem überdimensionalen Wakkelpudding auf.

»Tu ihn weg! Hörst du? Sonst ...« Er schluckte krampfhaft, sein Adamsapfel hüpfte auf und ab.

»Ja, aber Walter ... wen denn? Was hast du denn bloß?« rief Silke ganz verzweifelt.

Da brach es aus Walter hervor: »Den Kater, Gott verflucht noch mal!« brüllte er. »Tu das Vieh weg!«

Er war kurz davor, sich vor Angst in die Hosen zu machen. So köstlich hatte ich mich schon lange nicht mehr amüsiert! Ich kam noch ein Stückchen näher und streckte mich genüßlich. Gähnte mit weit aufgerissenem Rachen, um meine Zähne ins rechte Licht zu rücken.

»Aaaaahhhh!« schrie Walter in heller Panik. »Aaaaahhhh!«

Jetzt kam endlich Bewegung in Silke. Sie nahm mich hoch, strich mir über den Kopf und trug mich ins Schlafzimmer. Deponierte mich auf dem Bett und sagte: »Tut mir leid.«

Ja, und mein Essen? schrie ich hinter ihr her. Sie warf mir einen gehetzten Blick zu. »Gleich gibt's was zu futtern, gleich!«

Sie ging raus und machte die Tür hinter sich zu. Leider blieb mir ja jetzt der Anblick von Walter, dem Wackelpudding, verwehrt. Dafür drang folgende Konversation an mein Ohr:

Walter, ängstlich: »Ist die Tür auch wirklich zu?«

Silke, sanft, beruhigend: »Ganz bestimmt. Du … hast du mit Katzen ein Problem?«

Das hatte sie wirklich diplomatisch ausgedrückt. Es entstand eine Pause, in der Walter sich vermutlich den Angstschweiß von der Stirn wischte und sich bemühte, zum Kleiderschrankformat zurückzufinden.

Mit nur leicht bebender Stimme sagte er schließlich: »Nicht direkt. Also, der Kalender mit Katzenfotos, der bei Mama in der Küche hängt, macht mir gar nichts aus …«

»Ich verstehe …«, murmelte Silke. Ein schmatzendes Geräusch folgte, sie mußten sich geküßt haben.

»Laß uns zu mir gehen …«, kam es drängend von Walter.

Hände strichen über Stoff, gedämpftes Mmmhmm … Schmatz.

»Und deine Mutter?« wollte Silke wissen.

»Mama? Die macht uns morgen ein schönes Frühstück. Und zum Büro hast du's von uns aus auch näher.«

Silke zögerte nur einen Moment. »Okay. Ich packe nur schnell ein paar Sachen zusammen und versorge den Ka …«

»… Kanarienvogel!« fuhr Walter hektisch dazwischen. »Genau! Versorg du nur den Kanarienvogel! Ich warte im Treppenhaus auf dich!«

Rums, krachte die Wohnungstür ins Schloß. Dann ging die Tür zum Schlafzimmer auf. Silke eilte zum Bett, nahm mich hoch und drückte mich an sich. »Och mein Schnurribär … Mach dir nichts draus. Er wird sich schon noch an dich gewöhnen … Jetzt gibt's erst mal feines Happahappa.«

Ich schnurrte und schloß im Geiste eine kleine Wette ab: Tausend Fischköpfe, daß Walter binnen einer Woche Fersengeld gibt?

Er tat es drei Tage später.

»Hallo, Karin!« sagte Silke jetzt erfreut ins Telefon. »Wie geht's?«

Worauf Karin, die ein so lautes Organ besitzt, daß sie sich genausogut auf den Balkon stellen könnte, um sich mit ihrer lieben Freundin Silke zu unterhalten – was bedeutend billiger käme – antwortete, daß sie gestern Frank endgültig einen Abschiedstritt verpaßt habe, seine ewigen Weibergeschichten hätten ihr dermaßen im Magen gelegen … und jetzt wäre sie richtig gut drauf, was bewiese, daß sie genau das Richtige getan habe. Wie's denn ihr, Silke, ginge?

»Ach, ganz okay«, gab Silke zurück. »Ich glaub, ich bin drüber weg. Die Sache konnte ja nicht gutgehen … Nie im Leben würde ich meinen Puschkin weggeben, nicht für Supermann persönlich!«

Zehn Pluspunkte, Silke! Aber dein Konto bei mir steht immer noch bodenlos in den Miesen.

»Du hast ja so recht«, seufzte Karin. »Ich würde mich auch nicht von meinem Eduard trennen, er ist ja sooo treu!«

Ich zuckte schmerzlich zusammen. Wie man sein Herz an einen Köter hängen kann, noch dazu an so einen kleinen fetten Mops, ist mir ein Rätsel. Ein Waschlappen ist er obendrein. Wenn Karin ihn manchmal mit zu Silke bringt, liegt er unter dem Eßtisch und zittert wie Espenlaub, wenn ich nur mit der Schwanzspitze zucke.

Woran er guttut, denn ich bin genauso groß wie er und viel besser bewaffnet.

»Ach ja ... Kerle kommen, Kerle gehen. So ein Tier liebt dich sein ganzes Leben lang«, philosophierte Silke. »Nur schade, daß aus dem Kater kein Prinz wird, wenn man ihn küßt.«

Worauf Karin in schallendes Gelächter ausbrach: »Mensch, Silke! Überleg doch mal! Wenn eines Morgens nun wirklich Prinz Puschkin in deinem Bettchen läge ...«

Sie konnte sich vor Lachen kaum fassen.

»Ja und?« sagte Silke irritiert. »Wär doch toll! Alle meine Probleme wären gelöst!«

»Haha!« machte Karin. »Nicht ganz. Nicht ganz! Du hast deinen Puschkin doch kastrieren lassen!«

Worauf die zwei geschlagene drei Minuten durchs Telefon kicherten. Ich konnte es nicht fassen. Da schmeißen Menschen mit irgendwelchen Fremdworten um sich und finden es auch noch komisch. Endlich hatten sie sich beruhigt, und ich mußte von Silkes eben ergatterten zehn Pluspunkten schon wieder fünfzig abziehen, weil sie den Feind, der sich in der Sofaecke zusammengerollt hatte, unter dem Kinn kraulte. Einen Atemzug später war sie gar hundert Punkte ins Minus gerutscht, denn sie sprudelte hervor:

»Du, ich war heute im Tierheim ... und stell dir vor ... Ich hab einen kleinen Kater mitgebracht ... Ach, ganz goldig, zwölf Wochen alt ...«

Da wußte ich: Zeit, die Ohren auf Durchzug zu stellen. Ich rollte mich zusammen und blendete aus, bis Karin meinen Namen erwähnte. »Und Puschkin? Was sagt der dazu?«

Ach, ich hätte ihre dicke Zehe beknabbern können vor Wonne! Daß sich endlich mal jemand für *meine* Gefühle interessierte!

»Hmmm ...«, machte Silke ziemlich kleinlaut. »Na ja ... er ist natürlich ein bißchen eifersüchtig. Aber das wird sich legen. Er wird sich schon noch an den Kleinen gewöhnen.«

Warum sollte ich, Silke? Und außerdem kann von Eifersucht keine Rede sein. Es geht ums Prinzip!

»Mhhmh«, meinte Karin.

»Gehen wir morgen abend ins »Sunset« oder in die ›Linse‹?« wollte Silke jetzt wissen.

Karin lachte. »Ist doch Samstag. Wir gehen ins »Sunset« und in die »Linse«! Und und und. Wir machen einen richtigen Zug durch die Gemeinde. Scheiß auf Frank!«

»Scheiß auf Walter!« sagte Silke.

»Ich hol dich ab, so um acht. Erst gehn wir Pizza essen und dann ...«

»Genau«, sagte Silke. »Wir machen richtig einen drauf! Also, ciao, bis denn ...«

Das war der Auftakt für ein ausführliches Geplänkel über die möglichen Genüsse, die der morgige Abend bieten mochte. Aber schließlich drückte Silke tatsächlich auf die grüne Taste, und das Gespräch war beendet. Dann versuchte sie, sich bei mir einzuschmeicheln, während der Feind erschöpft in der Sofaecke schnarchte. Ich zog mich unter den Sessel zurück und widerstand sämtlichen plumpen Annäherungsversuchen. Schließlich gab sie auf, machte sich in Schlafzimmer und Bad zu schaffen und kam in ihrem Nachthemd, mit fettig glänzendem Gesicht, zurück. Antifaltencreme, wußte ich. Die hatte ihr Anja, die in einer Parfümerie arbeitet, letztens mitgebracht.

Das war, als Silke sich in der Talsohle ihrer Walter-Depression befunden hatte. Bei Karin und Iris hatte sie sich schon ausgeheult, jetzt war Anja dran. Die klapperte eines Sonntags zum Brunch an, auf schwindelerregend hohen Klumpschuhen, mit einem prallgefüllten roten Lederrucksack. Silke, im Bademantel, ungeschminkt, mit rot verheulten Augen, tischte Räucherlachs auf (mir natürlich auch), Sekt, französisches Weißbrot, Käse, Weintrauben und Rühreier. Sie behauptete, daß ihr vor Kummer der Magen wie zugeschnürt sei, seit Walter Schluß gemacht habe. Ich fragte mich, wo denn dann die viele Schokolade geblieben war, die sie Abend für Abend, Riegel für Riegel, in den Mund geschoben hatte. War die vielleicht in der Speiseröhre verdampft? Tatsache war, daß Silke ihren engen schwarzen Rock nicht mehr zubekam, was kurz vor Anjas Eintreffen die erste Tränenflut ausgelöst hatte und Silke zum Bademantel greifen ließ.

Anja nahm ihre Gabel und machte sich wortlos über die Rühreier her. Silke pickte erst mit leidender Miene herum, aber dann langte sie auch zu.

»Prost«, sagte Anja, als die Platten geputzt waren. Sie stießen an, stürzten den Sekt herunter. Dann lehnte sich Anja in ihrem Stuhl zurück und zündete sich eine Zigarette an. »Jetzt erzähl«, befahl sie.

Das ließ sich Silke nicht zweimal sagen. Die Affäre Walter – vom ersten Blickkontakt bis zum Abgang – wurde gedreht, gewendet, von allen Seiten begutachtet und seziert. Es war eine feuchte Angelegenheit. Als die Kuckucksuhr halb vier schlug, hatte sich Silke endlich durch Walter hindurchgeheult. Drei Flaschen Sekt hatten dabei ihr Leben gelassen. Jetzt hatte Silke den Schluckauf, tupfte mit glasigem Blick Weißbrotkrümel vom Teller und leckte sie ab. Anja zündete sich die x-te Zigarette an und kam zur Sache. Sie entnahm ihrem Rucksack ein umfangreiches Sortiment von Creme-, Make-up- und Parfümpröbchen, baute sie zwischen den Trümmern des Brunch auf (übriggeblieben waren ein Petersiliensträußchen und ein Weintraubengerippe) und redete Klartext:

»Neunundzwanzig, Schnucki. Du bist neunundzwanzig. Nächstes Jahr wirst du dreißig! In dem Alter sind andere Frauen schon beinahe Großmutter. Und du sitzt schon wieder solo da!«

»Du wirst auch nächstes Jahr dreißig!« fuhr Silke auf. »Und du sitzt auch schon wieder solo da! Hast mir erst letztens die Ohren vollgeheult wegen diesem fünfzigjährigen Mummelgreis, der sich partout nicht scheiden lassen wollte!«

Anja nahm die Attacke gelassen. »Redest du von Gert?«

Silke überlegte und blinzelte dabei wie eine Eule. »Ich glaub schon. Der mit der Rolex.«

»Das war Helmut. Aber der wollte sich auch nicht scheiden lassen.«

»Also«, sagte Silke und rülpste diskret.

Anja seufzte. »Ich hab nun mal eine Schwäche für Herren mit grauen Schläfen ...«

»... und 'nem gut gefüllten Portemonnaie«, stichelte Silke.

»Lieber reich und alt als jung und arm«, meinte Anja freundlich. »Ich müßte nur endlich mal einen erwischen, der frisch geschieden ist ... Junggesellen im interessanten Alter kannst du vergessen, die sind entweder schwul oder haben ein Rad ab.«

Silke stupste ein Schächtelchen mit dem Zeigefinger an. »Und was soll jetzt dieses Zeug?«

Anja hob zu einem längeren Vortrag an: »Wie gesagt, du bist fast dreißig. Damit steht deine biologische Uhr auf fünf vor zwölf, jedenfalls vom kosmetischen Standpunkt betrachtet ...«

Sie bemerkte Silkes giftigen Blick, hüstelte und verbesserte: »Also gut: *unsere* biologische Uhr. Das heißt: Wenn wir der Natur freien Lauf lassen, schlafft unsere Epidermis vor sich hin. Wir schlagen Falten wie 'ne ungebügelte Seidenbluse! Und dann gibt es diese Massen von knackigen Zwanzigjährigen, und eh so wenige Kerle, die noch frei herumlaufen ...«

Ich konnte ihr geistig nicht mehr so ganz folgen, aber Silke hatte damit keine Probleme.

»Wem sagst du das«, seufzte sie. »Und wenn du mal jemanden ohne Anhang triffst, so einen richtig guten Typ, und du kriegst Herzklopfen und Ohrensausen und denkst: Wow! Der isses, vielleicht sogar fürs Leben, dann ist's auch schon wieder vorbei. Irgendwas müssen wir falsch machen.« Kläglich fügte sie hinzu: »Meine Eltern sind seit fünfunddreißig Jahren verheiratet.«

Anja nickte und fing an, einen Turm aus Pröbchenschachteln zu bauen. »Ich hab letztens mal nachgedacht, in der Badewanne. Und ich bin zu folgendem Schluß gekommen: Du, ich, Karin und Iris, wir sind auch nicht blöder als andere Frauen. Wir sind auch nicht häßlicher, unsympathischer oder haben irgendeinen anderen Webfehler!«

»Dann liegt's an den Männern. Eigentlich hab ich das ja immer gewußt«, meinte Silke im Brustton der Überzeugung.

»Bei den Kerlen ist das so«, erklärte Anja eifrig. »Auf einen Hauptgewinn kommen rund tausend Nieten. Wie an der Losbude. Die Chancen stehen also eins zu tausend, daß du das große Los ziehst!«

Silke blinzelte nachdenklich. »So hab ich das noch nie betrachtet, aber, hey, tausend Nieten! Bist du sicher?«

Anja winkte ab. »Ist doch nur statistisch. Kann sein, daß du schon beim Nächsten in die Vollen triffst.«

»Meinst du? Echt?«

»Klar!« sagte Anja und zündete sich die nächste Zigarette an. »Es kann aber auch noch dauern. Aber darauf sind wir vorbereitet.« Sie deutete auf die Pröbchen und zählte auf: »Antifaltencreme, Augencreme, Feuchtigkeitslotion mit Liposomen für die reife Haut, gut deckendes Puder-Make-up für einen jugendfrischen, ebenmäßigen Teint, Nährmaske, Lippenstift mit Collagen ... und und und. Ich hab dir da mal was zusammengestellt.«

Sie sah Silke erwartungsvoll an. Silke betrachtete die Pröbchen, warf Anja dann einen verständnislosen Blick zu.

»Find ich ja lieb von dir, aber was soll ich denn mit dem ganzen Antifaltenzeug?«

Anja schlug mit der flachen Hand auf die Tischplatte, was den Schachtelturm zum Einsturz brachte. Und sagte wie zu einem Kleinkind: »Also noch mal ... zum Mitschreiben. Der Traumtyp kommt, ganz sicher. Es kann aber dauern. Bis hierher alles klar?«

Silke nickte eifrig.

»Okay. Du wirst aber nicht jünger. Du mußt also was für dich tun ... daher die Pflegeprodukte. Oder meinst du, Til Schweiger guckt nach einer runzligen Backpflaume, wenn er eines Abends im »Sunset« am Tresen steht?«

Über den weiteren Verlauf dieses Gesprächs kann ich nichts berichten. Ich erhob mich nämlich vom Sofa und begab mich durch die Katzentür nach draußen, weil mich ein bestimmtes Bedürfnis überkommen hatte, dem ich lieber in weicher Gartenerde als auf Streu nachgebe. Während ich säuberlich zuscharrte, fragte ich mich, warum Silke, Anja, Karin und Iris es denn nun partout auf sich nehmen wollten, unter tausend Nieten nach dem großen Los unter den Männchen zu fahnden, auch auf die Gefahr hin, darüber alt und grau zu werden. Ich meditierte sogar darüber, während ich die rasch am Himmel entlangziehenden Wolken betrachtete. Ich kam zu dem Schluß, daß es sich so verhält wie bei den Nachtfaltern, die sich an Sommerabenden auf Silkes Terrasse an der Petroleumlampe die Flügel absengen: Die Flamme zieht sie unwiderstehlich an, sie flattern drumherum, näher, immer näher, heißheißheiß – und schwupp, ist es passiert. Genauso geht es Silke und ihren Freundinnen mit den Männern. Der einzige Unterschied zum Insektenvolk besteht darin, daß die (bei Homo sapiens imaginären) Flügel unbegrenzt nachzuwachsen scheinen. Nun finde ich persönlich Männchen genauso verlockend wie Petroleumlampen. Ein Stückchen Käse, ein Happen Torte, nun, das wäre was anderes. Aber jedem das Seine.

Und jetzt stand Silke da, glänzte faltenfrei vor sich hin, und lockte:

»Komm, Süßer …«

Wie der Blitz war ich unterm Sofa. Der Rest ist bekannt. Bis auf die Tatsache, daß der Feind schon lange verschwunden war. Sein achter Sinn hatte ihn geweckt, sowie Silke die Schlafzimmertür geöffnet hatte. Er fegte übers Parkett, kratzte die Kurve. Ich hörte ihn aufs Bett hopsen und unter die Decke kriechen. Ob Silke ihn im Laufe der Nacht plattdrücken würde wie eine Flunder?

2

Der Feind hatte die Nacht unversehrt überstanden. Als die Kuckucksuhr fünf schlug, war er bereits putzmunter und raschelte maunzend im Schlafzimmer herum. Er mußte eins von den Bonbonpapierchen erwischt haben, die immer auf dem Nachttisch herumliegen. Silke war entzückt, ihren neuen Freund um diese Tageszeit schon zum Spielen aufgelegt vorzufinden.

»Aahh, gib Ruhe, du kleiner Teufel … es ist doch erst …«, stöhnte sie und wälzte sich herum, die Matratze knarrte. »Fünf Uhr! Ja, bist du denn wahnsinnig!«

Der kleine Teufel quietschte sein Babykauderwelsch: Er wünschte zu frühstücken, und zwar pronto.

Ich kroch unterm Sofa hervor und ging zum Schlafzimmer, wo ich mich in der offenen Tür aufpflanzte. Von Silke war nichts zu sehen, aber die Bettdecke beulte verdächtig. Am Fußende verschwand gerade ein dünner roter Schwanz darunter.

»Iiih«, quiekte Silke. »Nicht in die Zehen beißen! Oooh, das kitzelt!«

Sie kapitulierte, kroch hervor und stieg aus dem Bett. Der Feind war sofort zwischen ihren Füßen, rieb sich an ihren Beinen. Silke, mit zerzausten Haaren und verschwollenen Augen, tappte zur Tür und wäre beinah über mich gestolpert.

»Du auch noch!« fauchte sie mich an. Wie ungerecht! Hatte *ich* sie vielleicht geweckt?

Kurz und gut: Wir bekamen unser Frühstück serviert. Silke stand daneben und paßte auf, daß jeder die Nase in seine eigene Schüssel steckte. Danach benutzte der Feind das Klo, und Silke mußte das Geschäft mit der Schaufel herausfischen und in einem Müllbeutel entsorgen, was ihre Laune nicht verbesserte.

»So«, sagte sie anschließend mit einem unfreundlichen Blick auf den Feind, der mit ihren nackten Zehen spielte. »Ich geh jetzt noch 'ne Runde schlafen. Und ihr bleibt draußen!«

Sie trug den Feind zum Sofa, setzte ihn auf die Decke. Dann spurtete sie ins Schlafzimmer und machte schnell die Tür zu. Der kleine Teufel war hinter ihr hergehetzt, aber nicht schnell genug gewesen. Jetzt jammerte er vor der Tür herum, aber vergeblich. Silke mußte sich die Finger in die Ohren gestopft haben.

Ich ging ins Wohnzimmer, setzte mich auf den Teppich und erledigte in aller Ruhe meine Morgentoilette. Der Feind kam mir nach, hockte sich in respektvoller Entfernung vor mich hin. Sei nett zu mir, flehten seine Augen. Spiel mit mir! Laß mich deinen Schwanz fangen! Gegen ein bißchen kuscheln hätte ich auch nichts einzuwenden … Ha! Da konnte er warten, bis sein Fell schwarz wurde. Ich wusch und putzte und pflegte mich mit Hingabe, wobei ich ihn nicht aus den Augen ließ. Als er näherrückte, fauchte ich. Er machte einen Buckel, plusterte seinen Schwanz zu Flaschenbürstenformat auf und wich zurück. Dann, reichlich verspätet, wie ich fand, fing er an, sich zu waschen. Dann wetzte er seine Krallen am Teppich. O du kleiner Teufel, dachte ich begeistert. Laß das nur mal Silke sehen! Dann bist du wieder im Tierheim, ehe du einmal »mau« sagen kannst.

Der Teppich schien den Feind nicht ganz zufriedenzustellen. Suchend sah er sich um, sprang auf die Wand zu und bearbeitete laut schnurrend die Tapete. Wunderbar! Silke würde entzückt sein.

Jetzt hatte der Feind die bodenlangen Gardinen vor der Terrassentür entdeckt. Er wuselte darin herum, blieb mit einer Kralle hängen, quietschte, zappelte. Ratsch, zog einen Faden, kam frei, wuselte weiter, ratsch, noch ein Faden. Herrlich! Ich sah ihm noch einen Moment zu, dann begab ich mich durch die Katzentür ins Freie. Zeit für meine morgendliche Verabredung.

Silkes Terrasse geht zur Straße hinaus. Es ist aber eine reine Wohnstraße, also ist meistens nicht viel los. Nur wenn die Leute morgens zur Arbeit fahren, brummen Autos in größerer Zahl vorbei, dito am Nachmittag wenn sie heimkommen. Als Sichtschutz hat der Vermieter zwischen Terrasse und Bürgersteig Forsythien und Blutjohannisbeeren gepflanzt, sie sind mittlerweile so dicht, daß Silke vor neugierigen Blicken ziemlich sicher ist, wenn sie sich im Bikini auf dem Liegestuhl räkelt. Ich schlüpfte durch die Hecke und nahm auf dem Bordstein Platz. Der Asphalt war kalt und feucht unter meinem Hinterteil, es hatte in der Nacht geregnet. Ich hörte das Ratschen eines Eichelhähers drei Gärten weiter, Rolläden, die hochgezogen wurden, das Winseln des Dackels von schräg gegenüber, Silkes Kuckucksuhr, die sechs Uhr schlug. Und dann vernahm ich das Klatschen von Joggingschuhen auf Asphalt, tiefes, gleichmäßiges Atmen; und schon bog der Läufer um die Ecke. Heute trug er einen blauen Trainingsanzug, denn die Luft war noch kühl. Er hatte, wie immer, ein Handtuch um den Hals geschlungen. Er sah mich schon von weitem, lief langsamer und verfiel ein paar Meter vor mir in Schritt.

»Morgen, mein Freund!« sagte er. »Gut geschlafen?«

Na ja. In meinem Bett liegt es sich allemal bequemer als unter dem Sofa, gab ich zurück.

»Miau, mio, hm?« machte er, blieb stehen und streichelte mich mit einem Finger unter dem Kinn. Ich rieb meinen Kopf an seiner Hand. Er roch gut, da gab's nichts, und seine Stimme war mir angenehm: tief, und vor allem nicht zu laut. Doch, der Läufer ist nicht übel – für ein Männchen natürlich.

Jetzt muß ich noch eine Erklärung abgeben, habe ich doch vor nicht allzu langer Zeit behauptet, daß *ich* ja nie so dämlich wäre, mich draußen von wildfremden Menschen antatschen zu lassen. Bin ich auch nicht. Normalerweise kommt niemand näher als zwei Meter an mich heran. Aber der Läufer und ich sind alte Bekannte: jahrein, jahraus, Sommer wie Winter läuft er fast jeden Morgen um sechs hier entlang. Ob's stürmt, regnet oder schneit, er ist so pünktlich wie Silkes Kuckucksuhr.

Er hatte sich gerade wieder aufgerichtet und wollte weiterlaufen, als es im Gebüsch raschelte. Ich wußte sofort, wer das war, brauchte mich gar nicht rumzudrehen. Und so sicher, wie Silke am Wochenende nicht vor zehn aus den Federn kriecht: Es war der kleine rote Teufel. Hatte er sich doch glatt durch die Katzentür getraut, galoppierte jetzt heran und sprang dem Läufer direkt vor die Füße.

»Na so was!« sagte der, hob das Bündel hoch und lupfte den Schwanz. »Ein Katerchen! Gehört der zu dir?«

Nie gesehen! rief ich. Völlig unbekannt! Er verstand natürlich – wie immer– nur miau.

Er setzte den roten Teufel wieder ab. Der rieb sich am Joggerbein, sein dünner Schwanz zitterte vor Wonne. Was für ein Schleimer. Der Läufer streichelte ihn lächelnd. »Na ... du bist ja ein zutrauliches Kerlchen«, sagte er. »Aber noch ein bißchen klein, um allein draußen rumzulaufen.«

Er ist herrenlos, erklärte ich schnell. Ein armer, ausgesetzter Kater! Nimm ihn mit, nimm ihn bloß mit, sonst kommt er noch unter die Räder!

»Miau, mio, was, du dicker Bär?« gab der Läufer zurück. Ich unterdrückte ein Seufzen. Menschen sind wirklich hoffnungslos begriffsstutzig. Wobei ich Silke immerhin so weit gebracht habe, daß sie auf meine höfliche Aufforderung hin: – Wo bleibt mein Essen, bitteschön! – den Dosenöffner in Bewegung setzt.

Der Läufer trabte weiter, nachdem er sich herzlich von mir verabschiedet hatte, leider ohne das arme herrenlose Tierchen mitzunehmen. Meine einzige Hoffnung war jetzt, daß es zu dämlich sein würde, den Rückweg durch die Katzentür zu finden. Ich spurtete los, hechtete über die Terrasse und zischte durch die Tür. Geschafft! Ich war zu schnell für ihn gewesen, nie würde er allein hereinfinden!

Pustekuchen. Ich hatte mich kaum auf meiner Decke

auf dem Sofa zusammengerollt, um den Schlaf der Gerechten zu schlummern, als er schon quäkend hereingeschossen kam. Ich seufzte und schloß die Augen. Kommt Zeit, kommt Rat. Irgend jemand würde sich schon noch an ihm vergreifen, wenn nicht heute, dann morgen.

Um neun, nachdem der Feind geschlagene fünfzehn Minuten vor der Tür gejammert hatte, taumelte Silke aus dem Schlafzimmer, tapste in die Küche und kam mit einer Leckerdose und einem Löffel wieder heraus. Kroch gähnend ins Bad, wo serviert wird, verschwand mit der leeren Dose wieder in der Küche. Der Feind war ihr auf den Fersen gefolgt. Daß sie es geschafft hatte, nicht über ihn zu stolpern, grenzte an ein Wunder. Ich hörte ihn schmatzen. Da Silke ja gerade nicht hingucken konnte, ließ ich Würde Würde sein, galoppierte ins Bad und drängte ihn von der Schüssel ab. Er schlängelte sich heran und schaffte es tatsächlich, noch den einen oder anderen Happen zu ergattern, gierig wie er war. Dabei war sein Bauch schon so prall, daß er schier aus dem Pelz platzte.

Silke trank eine Kanne Kaffee, mümmelte eine Scheibe Toast (trocken, weil ihr Herz doch sehr an dem engen schwarzen Rock hing). Ab und zu quiekte sie auf, weil der Feind seine Krallen in ihre Fesseln hieb. Ich wartete ja nur darauf, daß ihr endlich die Kratzspuren an Gardine und Tapete auffielen, aber nichts da, sie schlief noch halb.

Nach ihrer Koffeininfusion war Silke in der Lage, in Jeans und T-Shirt zu schlüpfen und ihr Gesicht notdürftig zu bemalen (nie würde sie das Haus ungeschminkt verlassen). Dann schnappte sie sich ihren Einkaufskorb, ermahnte uns, nur ja brav zu sein, und verschwand. Der Feind sprang aufs Sofa, rollte sich zusammen und fing an zu schnarchen. Seine Aktivitäten waren absolut vorhersehbar: fressen, spielen, schlafen, dann huschhusch ins Klo und rumscharren, daß die Streu nur so flog. Auf die Idee, auch mal nach draußen zu gehen, um Geruchsbelästigung zu vermeiden, ... aber lassen wir das.

Als ich am späten Nachmittag von einem ausgedehnten Besuch in der Nachbarschaft zurückkehrte, war Silke gerade mit dem Putzen fertiggeworden. Samstags ist immer Großkampftag, da erledigt sie alles, was unter der Woche liegenbleibt. Und das ist eine Menge, denn wenn sie abends aus dem Büro kommt (sie ist Sekretärin) reicht ihre Energie zwar noch für alles mögliche, nicht aber für Hausarbeit. Als ich hereinschlüpfte, wischte sie sich gerade den Schweiß von der Stirn und räumte den Staubsauger in die Besenkammer. Zum Glück, denn der Staubsauger ist ein Folterinstrument, das einzig erfunden wurde, um meine Ohren zu martern. Auch der kleine Teufel schien eine spontane Abneigung gegen das Gerät entwickelt zu haben, denn er war nirgendwo zu erblicken. Ich folgte Silke ins Schlafzimmer, wo sie sich auszog. Eine rote Schwanzspitze lugte unter der Bettdecke hervor.

Die nächsten Stunden verbrachte Silke damit, sich selbst auf Vordermann zu bringen. Sie badete, wusch ihre langen blonden Haare, drehte sie auf Lockenwickler. Enthaarte Beine und Achselhöhlen. Schmierte sich von oben bis unten mit Antifaltenzeugs ein. Putzte sich die Zähne, gurgelte mit Mundwasser, bemalte ihr Gesicht. Dann stand sie in weißer Spitzenunterwäsche vor dem Kleiderschrank und inspizierte den Inhalt. Ich lag auf meinem Bett (der Feind hatte das Feld geräumt und dribbelte im Wohnzimmer eine leere Klopapierrolle übers Parkett) und sah ihr zu. Silke zerrte dieses und jenes heraus, zog es an, betrachtete sich im Spiegel. Murrte: »Spießig.« Oder: »Macht zu fett.« »Kneift.« »Ist out«. »Scheiße, da fehlt ein Knopf.« Als sie in einem Catsuit im Leopardenmuster dastand, der mehr Ausbuchtungen aufwies, als ihr lieb sein konnte, fiel ihr Blick auf mich. »Ach, Puschkin«, seufzte sie. »Du hast's gut. Du brauchst dir nie den Kopf zu zerbrechen, was du anziehen sollst.«

Da hatte sie recht. Ein edler Pelz paßt immer. Außerdem macht schwarz schlank.

Endlich hatte sie sich für weiße enge Satinhosen, Schuhe mit Plateausohlen, eine rote Seidenbluse und zwei Pfund Goldschmuck entschieden.

Karin rückte Schlag acht Uhr an, warf einen Blick auf ihre Freundin und sagte: »Du siehst aus wie 'ne Schachtel ›Mon Cheri‹. So geh ich nicht mit dir vor die Tür!«

Silke kniff die Augen zusammen, musterte Karin von oben bis unten. »Nur weil du nichts andres im Kleiderschrank hast als Jeans und T-Shirts, brauch ich doch nicht genauso rumzulaufen!« giftete sie.

Karin grinste und fuhr sich mit der Hand durch die kurzgeschnittenen braunen Haare. »Da hast du natürlich recht«, sagte sie friedlich. »Wo ist denn nun dein kleiner Kater?«

Silke, mit Gewittermiene, deutete mit dem Daumen zum Sofa und verschwand im Schlafzimmer.

Karin, der Goldschatz, rannte nun nicht sofort zur

Couch, um Eiapopeia zu machen. Sie kam zu mir, der ich auf dem Teppich vor dem Fernseher saß.

»Puschkin! Hallo! Na, mein Süßer, wie geht's dir?« sagte sie und kraulte mich unter dem Kinn. Ich schnurrte und machte den Hals lang. Karin arbeitet in einer Autowerkstatt. Ihre Hände sind rauh und schwielig. Egal, wie lange sie schrubbt, ein bißchen Schmieröl haftet immer auf der Haut und unter den Fingernägeln. Auch umweht sie ein durchdringender Geruch nach Eduard dem Mops. Aber daran bin ich gewöhnt. Ich legte mich hin und bot Karin die Breitseite für eine ausgiebige Massage. Sie setzte sich im Schneidersitz neben mich und streichelte. Niemand, wirklich niemand kann das so gut wie sie. Es muß an den schwieligen Händen liegen. Ich blinzelte zu ihr hoch. Ich hatte sie noch nie anders als in Jeans und bequemen Schuhen gesehen. Je nach Jahreszeit trug sie T-Shirt oder Sweatshirt dazu und eine schwarze Lederjacke. Ihr Make-up beschränkte sich auf ein bißchen Puder, Lippenstift und Wimperntusche. Wetten, daß *sie* für ihre Toilette nicht länger als fünf Minuten gebraucht hatte?

Silke kam aus dem Schlafzimmer. In Jeans und roter Seidenbluse, des Goldschmucks ledig bis auf ein Paar große Ohrringe. Sie schenkte Karin einen kühlen Blick und verschwand im Bad. Ich streckte mich unter Karins Fingern, vergaß mich sogar soweit, vor Genuß den Teppich mit ausgefahrenen Krallen zu bepfoten. Ein leises Geräusch warnte mich. Ich öffnete ein Auge und sah den Feind heranschleichen, mit vor Neugier funkelnden Augen. Auch Karin hatte ihn gesehen, streichelte mich aber weiter. Der Feind umrundete uns einmal und kletterte dann auf Karins Schoß, wo er sich häuslich niederließ. Karin benutzte ihre freie Hand, um ihn zu kraulen. »Na«, sagte sie, »du bist ja wirklich ganz niedlich.«

Wohl vergessen, die Kontaktlinsen einzusetzen, was?!

Silke kam aus dem Bad, sehr viel weniger farbenfroh im Gesicht als vorher. »Los«, sagte sie zu Karin. »Ich hab den ganzen Tag noch nichts gegessen!«

Wenn man von der halben Tafel Schokolade und den drei Negerküssen nach dem Baden mal absah, mochte das stimmen. Karin pflückte den Feind vom Schoß und stand auf, ohne ein Wort über Silkes veränderte Optik zu verlieren. Silke verabschiedete sich mit den Worten, daß unser Essen im Bad stünde und daß wir schön brav sein sollten. Dann schnappte sie sich ihre Handtasche, griff sich ihre schwarze Lederjacke vom Haken im Flur und rauschte mit Karin davon. Leider hatte sie in der Hast des Aufbruchs vergessen, die Badezimmertür offenzulassen.

Spät in der Nacht wurde ich von Stimmen geweckt. Um mich war alles dunkel, denn ich lag in meinem Bett unter der Decke. Nach einem kleinen Spaziergang draußen, und dem Verzehr einer schmackhaften Feldmaus, war es mir ein Leichtes gewesen, den Feind mit ein paar angedeuteten rechten Haken und einem Fauchen vom Bett zu vetreiben. Ich hatte nicht die Absicht, noch eine Nacht unter dem Sofa zu verbringen … *Die* Sprache hatte er verstanden. Er verkroch sich ins Wohnzimmer und hatte nicht mehr gewagt, mich zu stören. Was man von Silke und ihrem Begleiter nicht behaupten konnte.

»Puuh«, sagte eine männliche Stimme im Flur. »Hier stinkt's.«

Silke schnüffelte und lachte dann nervös. »Das muß das Katzenklo sein, ... ich hab nämlich zwei Kater, weißt du ...«

»Ach ja?« machte das Männchen ohne erkennbare Begeisterung.

Silke, nach ihrer noch nicht lange zurückliegenden Erfahrung mit Walter, erkundigte sich vorsichtig: »Ehm ... hast du zufällig ein Problem mit Katzen, Jens?«

»Sven«, korrigierte der Angesprochene. »Und Katzen sind mir schnurz.«

Ganz klar ein Kerl, der nicht um den heißen Brei herumredete. Sollte das jetzt etwa der Hauptgewinn unter tausend Nieten sein? Ich kroch unter der Decke hervor und spazierte ins Wohnzimmer. Dort waren Sven und Silke mittlerweile auch angelangt, das Licht brannte.

»Setz dich doch schon mal«, sagte Silke. »Ich hol uns nur schnell was zu trinken ...«

»Bier«, bestellte Sven.

Silke verschwand. Svens wasserblauer Blick fiel auf mich. Wir musterten uns. Wenn Walter ein Kleiderschrank gewesen war, so handelte es sich bei Sven um eine Schrankwand. Mächtige Schultern spannten ein kariertes Hemd, die Knöpfe ächzten unter der Anstrengung, dem Druck eines kolossalen Wanstes standzuhalten. Gab es trächtige Schrankwände? Und was reifte da heran? Ein Kasten Bier? Sven schnüffelte vorwurfsvoll in *meine* Richtung – was wieder einmal bewies, daß das menschliche Riechorgan reine Verzierung ist –, wandte sich ab und stampfte aufs Sofa zu. Er war zwei Schritte weit gekommen, als ein schmatzendes Geräusch zu hören war und sich ein durchdringender Gestank breitmachte.

Sven hielt inne, hob einen Fuß in die Höhe wie ein Zirkuselefant und starrte zu Boden, dann unter seinen Schuh.

»Katzenscheiße!« brüllte er. »O Dreck noch mal, ich bin in Katzenscheiße getreten!«

Silke, in einer Hand eine Bierflasche, kam aus der Küche geschossen und beäugte erst die Spuren auf dem Parkett, dann die Bescherung, die sich dank Svens Gewicht tief in die Rillen des Turnschuhs versenkt hatte. Silke schloß vom Umfang des Erzeugnisses sofort korrekt auf den Verursacher.

»Ich, oh, ich versteh das gar nicht ...«, stotterte sie tödlich verlegen. »Der Kleine war doch sauber, vom ersten Tag an!« Ihr Blick irrte durchs Zimmer und machte eine rote Pelzkugel auf der Sofadecke aus. Die Unschuld in Person.

Sven, immer noch auf einem Bein balancierend, riß sich den Basketballstiefel vom Fuß und hielt ihr den Schuh unter die Nase. »Und jetzt?!« bellte er.

»Man kann's abwaschen«, murmelte Silke, den Tränen nahe.

Sven schob den runden, schwarzbehaarten Kopf vor. Mordlust flackerte in seinen Augen, aber er beherrschte sich.

»Wo«, fragte er zähneknirschend, »ist das Bad?«

Silke wedelte mit der Hand, die die Bierflasche hielt, zur Badezimmertür hin. Registrierte, daß selbige zu war. Und verstand.

»Mist«, sagte sie. »Die Tür war zu. Und da drin steht doch das Katzenklo!«

In Svens grobschlächtigem Gesicht arbeitete es. Endlich hatte er verstanden: Bad = Katzenklo. Das reichte. Er drehte sich um, warf Silke einen letzten angeekelten Blick zu und humpelte mit dem Schuh in der Hand davon. Kurz darauf knallte die Wohnungstür ins Schloß. Silke zuckte zusammen. Dann nahm sie einen langen Zug aus der Bierflasche, wischte sich mit dem Handrücken über den Mund und stieß einen tiefen Seufzer aus. »Und überhaupt«, sagte sie dann laut, »war er viel zu fett!«

Wo sie recht hatte, hatte sie recht.

Silke machte der Flasche Bier den Garaus und beseitigte die Schleifspur. Mehr war's nicht, der größte Teil klebte ja unter Svens Schuh. Der kleine Teufel war aufgewacht und wuselte mit seiner Klopapierrolle umher. Seine Glanznummer mit Sven war zum Maunzen komisch gewesen, ich mußte es zugeben. Dafür hatte er glatt eine Belohnung verdient. Großmütig wie ich bin, beschloß ich, ihn von nun an bei seinem Namen zu nennen: Nemo.

Übrigens ließ ich ihn sogar mit in meinem Bett schlafen. Unten am Fußende. Ich lag in Silkes Arm. Die ganze Nacht.

3

Silke und ich wachten davon auf, daß an der Wohnungstür Sturm geläutet wurde. Nemo, am Fußende, schnarchte weiter. Er hatte gegen acht sein Frühstück eingefordert (die arme Silke wäre beim Servieren beinahe eingeschlafen) und war anschließend wieder in tiefen Schlummer versunken. Jetzt war es halb zwölf. Silke fluchte, zog sich die Bettdecke über den Kopf, steckte die Finger in die Ohren. Die Türklingel schrillte unbeeindruckt weiter. Wer immer es sein mochte, der da Einlaß begehrte, er hatte bessere Nerven als Silke, die endlich wutentbrannt aus den Federn sprang, um nachzusehen. Ich schlenderte hinterdrein. Silke riß die Tür auf und holte tief Luft, um eine Schimpftirade vom Stapel zu lassen. Statt dessen hauchte sie bloß: »Oh!«

Ich erhaschte einen Blick auf eine mächtige Gestalt in kariertem Hemd, die soeben einen Wurstfinger vom Klingelknopf nahm.

»Sven?« fragte Silke, wie um sich zu vergewissern, daß es sich auch wirklich um die fleischgewordene Schrankwand vom Vorabend handelte.

»Ich such mein Zippo«, verkündete Sven vorwurfsvoll und stampfte unaufgefordert herein, wobei er Silke in ihrem kurzen Nachthemdchen nicht mehr Beachtung schenkte als ein Nashornbulle einer Fliege.

»Zippo?« echote Silke.

»Mein Feuerzeug«, erklärte Sven im Vorbeistürmen. Jetzt hatte er das Wohnzimmer geentert und blieb ruckartig stehen, als er mich auf dem Teppich sitzen sah. Silke war ihm gefolgt und prallte gegen seinen breiten Rücken.

Sven drehte sich zu ihr um. »Ich weiß genau, daß ich es noch hatte, als wir zu dir gefahren sind. Im Auto ist es nicht. Also muß ich es hier verloren haben. Es muß mir aus der Tasche gerutscht sein, als ich auf einem Bein ...« Sein Gesicht verzog sich zu einer Grimasse des Ekels.

Silke, der nun endgültig klar war, daß Sven keineswegs wegen ihrer schönen blauen Augen den Weg zurück gefunden hatte, zuckte die Schultern. »Möglich«, sagte sie mit schnippischem Unterton. »Geh ruhig rum und such, tu dir keinen Zwang an.«

Sven, ein Auge immer noch mißtrauisch auf meine Wenigkeit geheftet, zögerte. »Es ist silbern ... mit einer Gravur. *Für meinen Grizzlybär von Uschimaus* ... Hast du's nicht gefunden?«

»Nein«, gab Silke ungeduldig zurück. »Sag mir Bescheid, wenn du fündig geworden bist. Ich setz jetzt mal Kaffee auf.«

Mit diesen Worten begab sie sich in die Küche. Sven sah ihr nach, wie sie unbekümmert auf nackten Füßen davontappte, und ermannte sich. Er holte tief Luft, richtete den Blick aufs Parkett und setzte so vorsichtig einen

Fuß vor den anderen, als betrete er ein Minenfeld. Ich reckte den Hals und sah etwas Silbernes unter dem Sessel blinken. Auch Sven hatte es entdeckt.

»Ha!« rief er. »Wer sagt's denn! Da isses doch!«

Alle Vorsicht vergessend, eilte er zum Sessel. Was ein Fehler war. Ein rotgestromter, haariger Blitz fegte zwischen seinen Beinen durch. Sven kam ins Trudeln, schwankte eine Sekunde hilflos hin und her und krachte dann zu Boden wie ein gefällter Mammutbaum.

Der Aufprall ließ die bunten Glaskaraffen in der Vitrine klirren. Silke kam aus der Küche gerannt, fischbauchfahl vor Schreck. Sie lief zu Sven, der still, mit geschlossenen Augen der Länge nach auf dem Rücken lag. Nemo, der haarige Blitz, kauerte angstschlotternd unter dem Sessel, neben dem Feuerzeug. Gar nicht auszudenken, wenn das Tonnengewicht auf ihm gelandet wäre. Der schöne frischgeputzte Parkettboden …

»Sven!« schrie Silke und kniete neben ihm nieder. »Um Gottes willen! Was ist passiert?«

Sven öffnete ein Auge. Sein Blick war leer. »Weiß nich«, murmelte er benommen. »Lag plötzlich da …«

»Das seh ich. Bist du verletzt? Tut dir irgendwas weh? Wackle mal mit den Fingern!«

Sven tat's. Drehte dann den Kopf hin und her, stöhnte auf. Wackelte mit dem rechten Bein, mit dem rechten Fuß. Bewegte das linke Bein, schmerzlich verzog sich sein Gesicht.

»Was ist?« fragte Silke ängstlich.

»Knöchel ist hin«, ächzte Sven.

Silkes Blick wanderte an dem gefällten Riesen hinauf und hinunter. Im Geiste wuchtete sie ihn wohl hoch und stützte ihn, während er mühsam auf einem Bein zum Auto hüpfte.

»Ich ruf einen Krankenwagen«, sagte sie entschlossen.

Sven nickte mit Leidensmiene, doch dann fiel ihm etwas ein. »Mein Zippo!« rief er. »Gib mir mein Zippo! Liegt unter dem Sessel!«

Silke kroch auf allen vieren zum Sessel und sah sich Auge in Auge mit Nemo und dem Zippo. Sie zählte zwei und zwei zusammen, seufzte und nahm das Feuerzeug an sich.

Sven strahlte auf, als das silberne Ding in seiner Pranke verschwand. »Mein Zippo!« sagte er andächtig.

Ich wartete nur darauf, daß er es sich wie einen Schnuller in den Mund stecken würde.

Silke seufzte noch einmal und ging zum Telefon.

Wie sich herausstellte, hatte Sven sich bei seinem Sturz eine Gehirnerschütterung und einen Knöchelbruch zugezogen. Nachdem zwei Sanitäter den Verletzten abtransportiert hatten, sprang Silke unter die Dusche, schminkte sich im Eiltempo, schlüpfte in Jeans und eine weiße Bluse, schnappte sich ihre Autoschlüssel und die Handtasche und stürzte davon. Ich vermutete, daß sie dem Verunglückten im Krankenhaus Beistand leisten wollte und machte mich auf eine lange Wartezeit gefaßt.

Als die Kuckucksuhr drei schlug, kam Silke nach Hause. Sie war blaß, und im Schlepp hatte sie Karin, was auf eine leichte Sinnkrise hindeutete (im Ernstfall wären Anja und Iris auch noch dabeigewesen). Karin balancierte ein großes Kuchentablett von der Konditorei

Thaler, wie ich zu meiner Freude am Papier erkennen konnte. Nichts geht über Kuchen von Thaler!

Silke streifte sich im Gehen die Mokassins von den Füßen und ließ sich neben mich aufs Sofa fallen. Nemo, der gerade die letzten Happen aus der Schüssel im Bad verschlungen hatte, kam angaloppiert und sprang schnurrend auf ihren Schoß. Schleimbeutel bleibt Schleimbeutel.

Karin warf einen Blick auf die Idylle, grinste und verschwand mit dem Kuchen in der Küche, um Kaffee zu kochen.

Wir nahmen unseren Nachmittagsimbiß auf der Terrasse ein. Die Sonne schien warm auf uns herab, Grillen zirpten träge im Efeu. Ein Amselpärchen flatterte seine knapp flugfähige Brut von Busch zu Busch spazieren, aber für Kuchen von Thaler lasse ich jede Amsel stehen. Nemo kletterte auf der Pergola herum.

Nach zwei Tassen Kaffee und drei Stücken Torte war Silke wieder rosig im Gesicht und hatte sich soweit regeneriert, daß sie Karin ihr Herz ausschütten konnte.

»Es war so demütigend«, sagte sie. »Er kommt vom Röntgen. Sie schieben ihn auf einer Bahre den Gang entlang, da sieht er mich auf einem Stuhl hocken. Er zeigt mit dem Finger auf mich und fängt an zu brüllen: ›Die da, die da ist schuld, daß ich mir den Knöchel gebrochen habe und mein Gehirn erschüttert ist!‹

Als ob's da viel zu erschüttern gäbe! Die Krankenschwestern gucken mich an, als ob ich mit der Bratpfanne auf ihn losgegangen wäre. Ich sage sanft: ›Sven, es tut mir echt leid, daß du in meiner Wohnung gestolpert bist ...‹

Da hüpft er vor Wut beinah von der Bahre und röhrt:

›Von wegen gestolpert! Eben ist mir wieder eingefallen, wie's passiert ist! Irgendwas war mir zwischen den Beinen durchgeflutscht, und es konnte nur eine von deinen scheißenden Mörderkatzen sein! Du hast sie auf Männer abgerichtet, du miese Emanze! Du gehörst in die Klapsmühle, jawohl, sonst dressierst du die Biester als nächstes noch drauf, einem die Eier abzubeißen!‹

Gott, war das peinlich. Da brüllt er das ganze Krankenhaus zusammen, anstatt mir dankbar zu sein, daß ich den Krankenwagen gerufen und mir am Sonntagmittag zwei Stunden den Hintern plattgesessen habe, nur um mich zu erkundigen, wie's ihm geht ... Und das alles auf nüchternen Magen!«

Silke schnaubte und angelte sich entschlossen ein viertes Stück Kuchen. Sie vergaß nicht, mir einen Happen abzugeben. Donauwelle. Lecker, die Buttercreme.

»Kerle«, bemerkte Karin philosophisch. Dann grinste sie. »He, Silke. Wann ist ein Mann 'ne Mark wert?«

Silke zuckte die Schultern und sah Karin erwartungsvoll an.

»Wenn der Eierpreis auf fuffzig Pfennig steigt!« trompetete Karin. Worauf die beiden in grölendes Gelächter ausbrachen. Was hatten die denn andauernd mit dem Zeug? Ich finde Ei nicht sonderlich schmackhaft. Zu glibberig.

Silkes Sinnkrise, wenn es eine gewesen war, schien jedoch bewältigt. Sie schleppte eine Flasche Sekt und zwei Gläser an und schenkte ein.

»Prost, Schnucki«, sagte Karin.

»Prost«, erwiderte Silke.

Sie stießen an und tranken. Dann sagte Silke nachdenklich: »Weißt du, gestern im »Sunset« fand ich ihn irgendwie süß ... knuffig. So richtig zum Anlehnen.«

Karin verschluckte sich fast an ihrem Sekt. »O Mann. Du brauchst 'ne Brille. Altersstar oder so. Der Typ ist fett wie ein Walroß!«

Das verletzte Silke doch. »Wenn ich 'ne Brille brauche, hilft bei dir nur noch ein Blindenhund! Der Typ, dem du da andauernd tief in die Augen geguckt hast, sah aus wie ein Karnickel!«

»Er hat einen leichten Überbiß ... na und?« muckte Karin auf. »Aber man kann sich wahnsinnig gut mit ihm unterhalten.«

»Ifft daff wirkliff wahr, Fätffen?« machte Silke.

Karin lief rot an. »Du bist gemein! Er kann doch nichts dafür, daß er lispelt!«

»Lispeln ist gar kein Ausdruck«, sagte Silke tückisch. »Man braucht ja 'nen Regenschirm, wenn er näher als zwei Meter an einen rankommt.«

»Ist ja überhaupt nicht wahr! Und außerdem: *Ich* hab *meinen* Typ jedenfalls nicht gleich am ersten Abend abgeschleppt und es bitter bereut!«

Das saß. Silke sackte in sich zusammen. Karin klopfte ihr aufmunternd auf die Schulter. »Um ehrlich zu sein, ich hab ihn gefragt, ob er sich meine Matchboxauto-Sammlung ansehen will. Aber er wollte nicht.«

»Nicht?« staunte Silke.

Karin schüttelte den Kopf. »Er hat mich für heut abend zu sich eingeladen. Zu einem Glas Sherry. Er will mich seinem Kumpel vorstellen, mit dem er zusammenwohnt.«

»Boah!« hauchte Silke neidisch. »Große Liebe auf den ersten Blick?«

Karin lächelte geheimnisvoll und zuckte die Achseln.

Silke nahm einen Schluck Sekt und meinte: »Für ein Karnickel sieht er nicht übel aus, ich geb's zu. Bist du verknallt?«

Karin errötete. »Ein bißchen. Er hat so was Sanftes, Zärtliches. Ganz anders als Frank! Man möchte ihn irgendwie beschützen vor der Welt.«

Silke lehnte sich vor. Ihre Augen glänzten. »Meinst du, er könnte dein Hauptgewinn sein? Das große Los unter all den Nieten?«

Karin zuckte die Achseln und lachte.

Wobei wir wieder beim Thema wären, das Karin, Silke, Iris und Anja so fasziniert. Ich habe ja bereits ausführlich über das Phänomen nachgedacht und bin, indem ich meine Beobachtungen über Nachtfalter und Petroleumlampen damit verglichen habe, zu dem Schluß gekommen, daß Menschenfrauen sich mit dem anderen Geschlecht *quälen* müssen: Sie können einfach nicht die Finger von den Typen lassen, obwohl es sie nur unglücklich macht.

Wie oft haben die vier schon zusammengesessen und Wünsch-dir-einen-Kerl gespielt? Um diese Frage zu beantworten, müßte ich Silkes Taschenrechner bemühen.

Wie so ein Spiel abläuft ist schnell erzählt:

Nehmen wir an, das Ganze findet bei Silke statt (woanders war ich ja nie dabei, aber ich würde meine Schwanzspitze verwetten, daß die Regeln die gleichen sind). Karin, Anja und Iris trudeln also abends (oder mittags oder nachmittags) ein. Jede bringt eine Flasche

Wein mit. Man nimmt am Eßtisch Platz. Silke serviert was zu futtern. Die vier putzen die kalten Platten, schütten den Wein in sich hinein und tratschen ein bißchen: Silke übers Büro, Karin über die Autowerkstatt, Anja über die Parfümerie und Iris über die Boutique. Spätestens über der zweiten Flasche Wein sagt dann etwa Silke: »Herrgott noch mal! Ich bin unter dreißig, blond, aber nicht blöd. Ich kann mich im Spiegel angucken, ohne mir einen Müllsack über die Birne stülpen zu müssen, und über den Rest hat sich auch noch keiner beklagt. Ich habe Superfreundinnen, einen süßen Kater …« (Jawohl! *Einen süßen*! Immer noch.) »… einen guten Job, eine hübsche Wohnung. Das Leben könnte so schön sein!«

Tiefer Seufzer. Sofort seufzen die anderen auch.

Sagt Iris: »Jawohl. Nur unser Liebesleben, das kriegen wir nicht auf die Reihe …«

»Masse ist nicht gleich Klasse …«, sagt Anja mit düsterem Blick auf ihre rotlackierten Krallen.

»Ex und hopp«, kommt es von Iris. »Auf was andres sind die Typen heutzutage nicht mehr programmiert.«

Worauf Karin selbstquälerisch auf die Zahl der Eheschließungen (rekordverdächtig) und den Babyboom (enorm) verweist, die eindeutig bezeugen, daß es von bindungs- und fortpflanzungswilligen Männern nur so wimmeln muß.

»Sind wir also Versager?« wirft Silke in den Raum.

»Bis auf uns sind alle aus unserer alten Klasse verheiratet und haben mindestens ein Kind«, kommt es von Iris.

»Pah«, sagt Karin tapfer. »In ein paar Jahren sind die alle wieder geschieden. Wartet's nur ab!«

Worauf Anja, die ja auf der Jagd nach einem reifen, frisch geschiedenen Männchen ist, eifrig fragt: »Ach ja?«

»Klar«, bekräftigt Karin.

Kurzes, nachdenkliches Schweigen.

Dann sagt Silke: »Ich wünsch mir einen Mann, der mich liebt, nur mich allein (und meinen Puschkin), ein ganzes Leben lang! Na, sagen wir, die nächsten zehn Jahre oder so. Das ist doch nicht zuviel verlangt, oder?«

Das war das Stichwort. Das Spiel ist eröffnet.

»Ich wünsch mir einen disting ... na ... distängu ... na ... vornehmen Typ mit grauen Schläfen. Rechtsanwalt oder Arzt wäre super. Frisch geschieden. Er schaut mich an, ich schau ihn an, es ist Liebe auf den ersten Blick ... Drei Kinder möcht ich, und eine Villa im Grünen ...«

Wer war das? Anja, richtig.

»Und ich wünsch mir einen ganz lieben Knuddelbär mit warmen Augen. Treu soll er sein und Kinder und Hunde mögen. Und was von Autos verstehen.«

Na? Das war Karin, genau.

»Ich wünsch mir einen Mann, mit dem man Spaß haben kann ... aber treu und kinderlieb muß er natürlich auch sein. Und großzügig!«

Das kam von Iris, die versonnen mit ihren großen goldenen Ohrringen spielte.

Jetzt basteln sich die vier voller Begeisterung den Mann ihrer Träume zusammen. Er sieht ungefähr so aus:

– über 1,80 m groß/1,75 m/1,70 m / Wenn er in die Handtasche paßt, ist er definitiv zu klein,

– zwischen 25 und 55,

– schlank / sehr schlank / muskulös bis bullig / leichter bis mittlerer Fettansatz,

– braune Augen / blaue / grüne / graue,

– Haare blond / dunkel / graumeliert / vorhanden / oder auch nicht,

– glattrasiert / Dreitagebart / Schnurrbart / Vollbart,

– Brusthaare keine / bis zu zwanzig / leichter Flaum / Orang-Utan-Behang

Sonstiges (nicht nach Prioritäten geordnet):

– *Katzenfan*, gutriechend, treu, nicht ganz dumm, treu, fleißig, zuverlässig, ehrlich, pünktlich, treu, zärtlich, großzügig, kinderlieb, gut im Bett (Hundenarr? Gestrichen.)

Ach, aber wie klaffen Wunsch und Wirklichkeit auseinander.

»Stinkt der Kerl vor sich hin wie ein Iltis und findet es unappetitlich, wenn Puschkin mit im Bett schläft!« empört sich Silke.

»Unterschreibt der Typ die Kreditkartenrechnung im Restaurant mit seinem Daumenabdruck und erzählt mir, daß Blondinen vier Gehirnzellen haben – für jede Kochplatte eine!« meldet sich die blondgesträhnte Iris zu Wort.

»Nudelt 'ne Zweieinhalb-Minuten-Nummer runter und fragt mich anschließend, ob ich schon in Behandlung bin wegen meiner Orgasmusstörungen«, giftet Anja.

Karin bringt es auf den Punkt: »Sonntagabend. Wir haben ein phantastisches, romantisches Wochenende miteinander verbracht. Er will heim, weil er morgen ganz früh zur Arbeit muß. Schaut mir beim Abschied tief in die Augen. Ich hauche: ›Wann sehen wir uns wieder?‹ Zückt er seinen Terminkalender, studiert ihn nachdenklich. Sagt bedauernd: ›Sorry, Süße, diese Woche läuft nix mehr.‹ Dabei zeigt er mir die Eintragungen für die kommende Woche: Montag Bärbel. Dienstag Sandra. Mittwoch Bianca. Donnerstag Liz. Freitag Kirsten. Samstag Luzie. Sonntag Mittag- und Abendessen bei Mutti und Vati.«

Des weiteren sind Kerle:

– treulos, bindungsscheu, egoistisch, lieblos, unsensibel, rücksichtslos (an dieser Stelle ungefähr hundert Zeilen Platz für weitere Adjektive).

Jetzt kommt der Punkt, wo die Vierer-Runde endgültig die Schnauze voll hat von den Männern. Wozu braucht man die überhaupt? Für *Sex* etwa? (Ich vermute, daß sie damit die seltsamen Verrenkungen zu zweit im Bett meinen, bin aber nicht ganz sicher.) Pah! sagen alle. Völlig überbewertet, die Sache. Die Typen sind doch eh nur aufs eigene Vergnügen aus. Aber manchmal, manchmal will man sich einfach an einen warmen Körper kuscheln, wendet Iris ein. Nichts geht über eine Katze im Bett, versichert Silke im Brustton der Überzeugung. Sie hat natürlich recht, aber hat sie das auch wirklich verinnerlicht? Karin wirft ein, daß Eduard der Mops immer am Fußende vom Bett schläft und sich, im Gegensatz zu den Kerlen, niemals beschwert, wenn Karin ihre kalten Füße an ihm wärmt.

»Na also«, sagt Iris zufrieden. »Da wir uns ja einig sind, daß Sex nicht das Gelbe vom Ei ist, sind wir uns doch auch einig, daß wir ohne Männer ganz phantastisch leben können. Wir haben doch uns! Seit fünfzehn Jahren gehen wir zusammen durch dick und dünn! Wenn's einer von uns schlechtgeht, sind die anderen sofort da. Wir hören einander zu, trösten uns, pflegen uns im Krankheitsfall. Und wir haben 'ne Menge Spaß zusammen, oder?«

Betretenes Schweigen.

»Ja, klar«, meint Karin lahm.

»Theoretisch schon«, meint Anja. »Aber …«

Worauf nun die Diskussion eröffnet ist, warum eine Frau *unbedingt* einen festen Mann in ihrem Leben braucht. Ich gebe eine kurze Zusammenfassung:

– weil sie das Gefühl braucht, von einem Mann geliebt und begehrt zu werden,

– weil sie das Gefühl braucht, einen Mann zu lieben,

– weil Sex mit dem Mann, den man liebt und der einen zurückliebt, mit Sicherheit heiß wie ein Steppenbrand sein wird (Was?? Feuer in meinem Bett? Ja, soll ich vielleicht mit Brandlöchern im Pelz rumlaufen?!),

– weil alle anderen Frauen, die man kennt (sogar die dicke Nelly Solms mit den Sauerkrautfransen, die in der Schule immer ihre Popel unter die Bank geschmiert hat) einen haben,

– zum Schleppen von Bier- und Wasserkästen,

– weil die Eltern mit ihrer ewigen Fragerei: »Und? Hast du jetzt endlich was fürs Herz gefunden? Du wirst ja nicht jünger!« tierisch nerven,

– weil die Eltern mit ihrer ewigen Seufzerei: »Ach, ohne Schwiegersohn und Enkelchen ist das Leben leer und öd!« noch tierischer nerven,

– zum Rasenmähen, auch wenn man keinen Rasen hat,

– weil die ganze Welt dich für einen armseligen, häßlichen, minderwertigen Wurm hält ohne einen Mann an deiner Seite!

Homo sapiens tut mir leid. Wirklich. Von der Natur dazu verdammt zu sein, ewig dem anderen Geschlecht hinterherzuhechten, nur um als Paar durchs Leben zu gehen, muß schrecklich sein. Bei Felis silvestris catus ist das besser geregelt. Wir sind Einzelgänger, die menschliche Gastgeber durchaus zu schätzen wissen (freie Kost und Logis, Streicheleinheiten auch gratis), zur Not aber auch ohne auskommen. Zur Arterhaltung ist es allerdings notwendig, daß das Fußvolk sich fortpflanzt. Das sieht so aus: Kätzin wird zweimal im Jahr rollig, Kater kämpft um sie, befruchtet sie, geht wieder seiner Wege. Die Kätzin wird trächtig, wirft ihre Jungen, erledigt den ganzen Krempel mit der Aufzucht, erwachsene Jungen gehen ihrer Wege. Fertig. Erleuchtete Wesen (so wie ich) stehen selbstverständlich über diesen Dingen.

Apropos: Da ich weder Silke noch Iris noch Anja noch Karin als erleuchtet bezeichnen würde, ich sie jedoch nie rollig, geschweige denn trächtig erlebt habe, frage ich mich, wie sich wohl die menschliche Rasse fortpflanzt. Das ist eines der wenigen Geheimnisse des Universums, die ich bis jetzt noch nicht vollständig zu ergründen vermochte.

Die Sonne sank tiefer, der Pegel der Sektflasche stand auf Null. Karin rüstete zum Aufbruch, weil sie sich für ihre Verabredung mit dem lispelnden Karnickel noch die Zähne putzen und die Nase pudern wollte.

»Was ziehst du an?« wollte Silke wissen.

Karin grinste und sang: »Ich will so bleiben, wie ich bin, lalala!«

Silke ließ ihren Blick über verwaschene Jeans und ein gelbes T-Shirt mit Aufdruck schweifen: »Jeder Raudi fährt 'nen Audi«, las sie laut vor. »Ich faß es nicht. Irgendwann geh ich mal mit dir einkaufen. Zu Iris. Da gibt's Rabatt.«

Karin umarmte Silke. »Tschüs, du. Und denk nicht mehr an diesen Typen, hörst du?«

Silke küßte die Freundin auf die Wange. »Ich doch nicht. Die Kerle können mich mal!«

»Was, Schnucki?« erkundigte sich Karin interessiert. »Was können sie dich, hmm?«

4

Am Montag ging Silke zur Arbeit und kehrte pünktlich nach Büroschluß heim, um mir (und Nemo) das Dinner zu servieren. Ihr eigenes Abendessen beschränkte sich auf ein Tütensüppchen und zwei Scheiben Knäckebrot. Im Anschluß daran bearbeitete sie ihre Krallen und pinselte sie rot an. Sodann schaltete sie den Fernseher ein und legte sich aufs Sofa, um folgenden Aktivitäten nachzugehen: für Nemo eine Plüschmaus an einer Schnur hin und her bewegen; mit einem Auge einen Liebesfilm im Flimmerkasten verfolgen; mit dem anderen in einem Buch lesen, auf dessen Umschlag sich eine leichtbekleidete Blondine in die Arme eines muskulösen jungen Mannes schmiegte; für Nemo ein Stanniolpapier-Kügelchen im Schuh verstecken, das er wieder hervorangeln durfte; Puschkin auf der Sofadecke streicheln; mit Nemo schimpfen, weil er an der Tapete kratzte; Puschkin loben, weil er so ein lieber, braver Kater ist.

Ich schnurrte. Nemo, wenig beeindruckt von Silkes Strafpredigt, streckte sich vor dem Sofa aus und ließ sich am Bauch kraulen. Ich schnurrte weiter. Ich hatte nämlich beschlossen, daß ein erleuchtetes Wesen sein Gemüt nicht unnötig durch Haß und Groll vergiften sollte. Alles kommt zu dem, der warten kann.

Im Fernsehen warf sich jetzt eine Blondine, die Silke nicht unähnlich sah, einem kräftigen, dunkelhaarigen Männchen in die Arme. Das fesselte Silkes Aufmerksamkeit so sehr, daß sie sich das schnurlose Telefon, das wie immer griffbereit auf dem Couchtisch lag, erst beim zweiten Klingeln schnappte.

Es war Karin, was Silke veranlaßte, den Ton vom Fernseher abzustellen.

»Hey, Silke!« schrie Karin aus dem Hörer. »Ich hab's! Ich hab's geschafft!«

»Schön! Toll!« freute sich Silke, um hinzuzufügen: »Ehm … was denn?«

»Na, ich hab das große Los gezogen! Den einen Hauptgewinn unter tausend Nieten! Todsicher!«

Silkes Nasenspitze färbte sich grün vor Neid, aber sie gab sich alle Mühe, Begeisterung zu mobilisieren.

»Mensch, Wahnsinn! … Erzähl!«

Karin legte los: »Ingo (Ich folgere messerscharf, daß es sich dabei um das Karnickel handeln muß; Anmerkung von Puschkin) macht mir also die Tür auf. Wie er da steht, in Jeans und einem weißen T-Shirt, denke ich, daß er einen guten Body hat und so ein richtig liebes Gesicht, die Zähne fallen kaum auf, wirklich. Er küßt mich zur Begrüßung, daß ich ganz weiche Knie kriege, und freut sich wie ein Kind über das Matchboxauto, das ich ihm mitgebracht habe. Wir gehen in die große Wohnküche, wow, vom Feinsten. Im provenzalischen Stil, erklärt mir Ingo. Tisch und Stühle aus Pinienholz, Kupferpfannen und -kasserollen an der Wand, überall Töpfchen mit

Kräutern: Rosmarin, Lavendel, Thymian. Ein Pott steht auf dem Herd, im Ofen brutzelt etwas vor sich hin, es riecht himmlisch. Dieser tolle Pinienholztisch ist gedeckt mit buntem Keramikgeschirr, blauen Leinenservietten, blauen Kerzen. Im Hintergrund singt Edith Piaf. Ingo schenkt uns einen Kir Royal ein, wir stoßen an.

›Ich hoffe, du hast Hunger‹, sagt Ingo. ›Ich hab eine Kisch Loren gemacht, Tom hat Rattatui vorbereitet, und zum Nachtisch gibt's Tacht Tateng.‹ Ich verstand nur Bahnhof, aber egal, ich war so hin und weg, ich hätte ja und amen zu pürierten Regenwürmern auf Toast gesagt … Und weißt du was?«

»Nein«, sagte Silke, die gebannt lauschte.

»Daß man einen Regenschirm braucht, wenn er mit einem spricht, ist wirklich eine infame Lüge!«

»So?« kam es skeptisch von Silke.

»Und wenn, wär's auch egal. Bei dieser tollen Küche und der Mühe, die er sich für mich gemacht hat. Lädt mich auf einen Sherry ein, kredenzt Kir Royal und tischt ein selbstgemachtes französisches Menü auf … hast du so was schon mal erlebt?«

»Nicht direkt«, seufzte Silke. »Aber Roger – weißt du, der Sportlehrer, mit dem ich vom 1. bis zum 26. Januar zusammen war – hat mal für mich gekocht: Fischstäbchen und Pommes …«

»Macht auch satt«, tröstete Karin und sprudelte weiter: »Na, wir stehen also da, schlürfen unseren Kir, und er erklärt mir die Messer im Messerblock, japanische, weißt du, das sind die besten überhaupt. Da geht die Tür auf und rein kommt so ein Wahnsinnstyp. Blonde Locken bis auf die Schultern, Brilli im Ohr, groß, ganz schlank, in einem weißen Seidenhemd und ganz engen schwarzen Samthosen.

›Das ist Karin‹, sagt Ingo so stolz, als wär ich Prinzessin Di's Geist. ›Und das ist mein guter Kumpel Tom!‹

Tom küßt mich rechts, links, rechts auf die Wange. Ingo und ich setzen uns an den Tisch. Tom rührt in dem Topf herum, schneidet Brot, guckt in den Ofen, macht einen Salat, ganz professionell. Ich frage ihn, ob er vielleicht Koch ist. Er grinst und meint nee, kochen ist zwar sein Hobby, aber von Beruf ist er – halt dich fest – Modedesigner!«

»Nicht möglich!« stöhnte Silke entzückt.

»Doch! TomTom True, die Marke ist von ihm.«

»Was?« schrie Silke in den Hörer. »Das sind Cocktailkleider. Gibt's unter anderem bei Iris im Geschäft. Absolut traumhaft, aber sündteuer.«

»Er wollte mir eins schenken, aus der vorletzten Kollektion«, sagte Karin in aller Unschuld. »Aber ich hab nein gesagt … was soll ich damit?«

In Null Komma nichts war Silke auf hundertachtzig. »Du dumme Kuh!« keifte sie. »Du hättest es mir schenken können!«

»Aber Schnucki«, meinte Karin vergnügt. »Es war ein Einzelstück, Größe sechsunddreißig – da hättest du doch nicht reingepaßt.«

Silke schäumte. »In ein Kleid von TomTom True würde ich mich reinhungern, darauf kannst du Gift nehmen!«

Karin lachte. »Das kannst du Tom selber sagen. Ich hab ihn und Ingo für Samstag eingeladen – zu dir. Du kochst.«

»Was?« kreischte Silke, einem Schlaganfall nahe, so laut, daß Nemo erschrocken unter dem Sofa verschwand.

Karin wiederholte zum Mitschreiben.

»Aber du weißt doch, daß ich nicht kochen kann!«

»Mach Rühreier. Deine Rühreier sind einsame Spitze.«

»Wie kommst du überhaupt dazu, diese zwei Typen zu mir einzuladen?! Bin ich vielleicht 'ne Imbißbude?«

Silke schnellte vom Sofa hoch und ging samt Telefon in die Küche. Ich hörte sie rumoren, dann kam sie mit einer Flasche Bier zurück.

»Das kam so«, erklärte Karin. »Tom servierte die Kisch Loren. Speckkuchen ist das, vielleicht haben sie sie deshalb nach der Sophia benannt. Jedenfalls schmeckt das Zeug ganz köstlich. Tom hat mir das Rezept gegeben. Wär das nicht was für Samstag?«

»Nein«, sagte Silke fest.

»Na gut. Rühreier sind auch was Feines. Nach der Kisch gab's Feldsalat mit frischen Champignons. Anschließend Rattatui, das sind durcheinandergekochte Tomaten, Zucchini, Auberginen ...«

»Herrgott noch mal, jetzt hör doch mal mit der Fresserei auf!« platzte Silke dazwischen und nahm einen tiefen Schluck aus der Bierflasche.

»Gut«, meinte Karin friedlich. »Ich wollte ja auch ganz was anderes erzählen ... Tom ist nämlich solo!«

Kurze Pause. Dann fragte Silke: »Solo? So ein toller Typ?«

»Ja, klar! Überleg doch mal. Wenn er eine Frau hätte, wär sie bei dem Essen doch dabeigewesen, oder?«

Klickediklick, Silkes Gehirn arbeitete vernehmlich.

»Ja. Sollte man annehmen. Es sei denn, sie wäre krank oder verreist ...«

»Ist sie aber nicht«, trumpfte Karin auf. »Er hat keine. Ich hab ihn nämlich gefragt.«

Man habe, berichtete Karin weiter, Wein getrunken, gegessen, gelacht und erzählt. Tom und Ingo seien so richtig gute Freunde, wie sie es bei Männern noch nie erlebt habe, nur bei Frauen. Ingo arbeite als Buchhalter bei Tom im Geschäft, und vor zwei Jahren habe man eine Zwei-Männer-WG gegründet. »Ingo hatte gerade eine gescheiterte Beziehung hinter sich«, erzählte Tom. »Und ich ... na, mir ging's auch nicht besser.«

Das rührte Karin bis auf den Grund ihrer Seele. »Ich hab mich ganz zu Hause gefühlt«, erklärte sie Silke, die mittlerweile bei der zweiten Flasche Bier angelangt war. »Ich hatte beinah das Gefühl, da sitzen Iris und Anja und du, und wir schütten uns gegenseitig unser Herz aus ... Ja, und dann frag ich Tom, ob er denn jetzt mit einer Frau zusammen ist. Tom guckt Ingo an, Ingo guckt Tom an. Tom schüttelt den Kopf. Er hat mir richtig leid getan. Da hat er alles: sieht gut aus, hat Geld, Erfolg – aber keine Frau, die ihn liebt. Ja, und ich weiß nicht wie, auf einmal haben wir von dir gesprochen und von Puschkin und Nemo. Und von diesem Typ, der Panik vor Katzen hatte, und dem fetten Walroß, das in Katzenscheiße getreten ist und sich den Knöchel gebrochen hat ...«

Silke ächzte: »O Gott, wie peinlich! Wie konntest du nur!«

Karin ignorierte den Einwurf. »... Und da sagt Tom: ›Katzen! Wow! Deine Freundin stelle ich mir unheimlich sinnlich vor.‹ ... Frag ich natürlich, wie er darauf kommt ...«

»Danke, Karin, vielen Dank!« warf Silke säuerlich ein.

Karin ließ sich nicht aus dem Konzept bringen. »›Weil‹, sagt Tom, ›Katzen etwas Mystisches an sich haben und das Geheimnis der Weiblichkeit verkörpern.‹ Ist das nicht wunderschön?«

Silke mußte zugeben, daß es in der Tat so war. Ich mußte zugeben, daß ich ziemlich geschmeichelt war. Mystisch ist immer gut, und der Rest … na ja, jedem Tierchen sein Pläsierchen.

»Ja, und dann hat Ingo Tom angegrinst, so richtig süß, und hat ihn gefragt, ob er dich nicht mal kennenlernen wolle, und Puschkin und Nemo natürlich. Tom guckte erst ein bißchen erschrocken (ich glaub, er ist schüchtern Frauen gegenüber, daß es so was noch gibt!), dann wuschelte er Ingo durchs Haar und sagte: ›Klar! Warum denn nicht!‹ Tja, und da hab ich sie beide für Samstag eingeladen, zu dir …«

»Hmm«, machte Silke. »Ich könnte mir ja ein Kochbuch zulegen. Wollte ich immer schon.«

Karin kicherte. »Siehst du?«

»Und wie ging's nun weiter? Mit dir und Ingo meine ich«, erkundigte sich Silke.

»Wir haben die Tacht Tateng gegessen. Apfelkuchen ist das. Lecker! Dann ging Tom, er war mit Freunden in der Stadt verabredet. Ingo und ich sind in sein Zimmer gegangen, boah, ganz in schwarz und weiß und sehr edel … Auf dem Bett liegt ein Überwurf aus Polarfuchs. Er muß ziemlich viel verdienen als Buchhalter. Wir haben Musik gehört und ein bißchen geknutscht und geredet, geredet, geredet. Er fährt 'nen Porsche 911, silbergrau-metallic mit …«

»Mensch Karin!« unterbrach Silke. »Das interessiert doch jetzt null. Hast du bei ihm übernachtet?!«

»Wo denkst du hin!« antwortete Karin glücklich. »Ich sag doch, ich hab das große Los gezogen. Ingo ist kein Typ, der einen gleich am ersten Abend aufs Kreuz legt. Um zwölf hab ich gesagt, daß ich jetzt wohl besser mal heimgehe, weil ich morgen früh um sieben in der Werkstatt sein muß. Da hat er mir ganz zart über den Aufdruck auf meinem T-Shirt gestrichen und gemeint, ich wär fast so flach wie ein Junge und daß er kleine Brüste schön findet ... Und dann hat er mich runter zum Auto gebracht. Was sagst du dazu?«

Silke überlegte einen Moment. Dann meinte sie: »Ob ich es schaffe, bis Samstag soviel abzunehmen, daß ich eventuell in dieses TomTom-True-Kleid passe?«

Soviel zu Silkes gutem Vorsatz, endgültig die Finger von den Männern zu lassen (wenn ich ihre Äußerung »Die Kerle können mich mal!« korrekt übersetzt habe). Selbstverständlich hatte ich ja nichts anderes erwartet (siehe Nachtfalter und Petroleumlampen, aber das wollen wir ja nicht schon wieder aufs Tapet bringen).

Am Dienstag brachte sie ein umfangreiches Kochbuch mit nach Hause und las es von vorn bis hinten, während sie grüne Äpfel verzehrte – fünf Stück. So vertieft war sie in ihre Lektüre, daß sie noch nicht mal merkte, daß Nemo sich die Apfelbutzen vom Couchtisch angelte und übers Parkett dribbelte, einen nach dem anderen. Als die Kuckucksuhr elf schlug, hatte sie das Werk durchgeackert und holte sich eine Flasche Bier aus dem Kühlschrank. Sie saß da, die nackten Füße auf dem Couchtisch, nuckelte an ihrer Flasche und fragte mich, der ich auf der Sofadecke lag und friedlich vor mich hin dösen wollte, Dinge wie: »Meinst du, ich sollte vorneweg eine Zwiebelsuppe servieren, Puschkin? Das Rezept hört sich ziemlich einfach an. Und danach: Burgunderbraten? Filet Wellington? Lotte auf Sellerie-Karottenbett?«

Lotte? Lotte Schäfer aus dem 1. Stock? Ich konnte mir nicht vorstellen, daß die gut schmecken würde, ob nun auf einem Bett mit Gemüse drauf oder pur.

Die Tage vergingen. Ich spazierte morgens um sechs nach draußen, um ein paar Takte mit dem Läufer zu plaudern und kehrte, da das Wetter schön war, erst heim, kurz bevor Silke nach Hause kam. Nemo hatte, seit seinem ersten Ausflug, keine Pfote mehr ohne Silke ins Freie gesetzt, was ich sehr begrüßte. Wenigstens eine nemofreie Zone gab es noch auf der Welt. Silke kaute abends ihre grünen Äpfel, ließ die Finger von den Bierflaschen und wurde zusehends grantiger, obwohl sie doch wieder in ihren engen schwarzen Rock paßte. Ich führte ihre schlechte Laune darauf zurück, daß sie andauernd in ihrem Kochbuch herumblätterte, Menüpläne aufstellte und wieder verwarf. So was würde mir auch aufs Gemüt drücken. Warum machte sie nicht einfach ein paar Leckerdosen auf und streute Bierhefe drüber? Der Drehschrank in der Küche war voll mit Köstlichkeiten wie Thunfisch, Leber und Geflügelhäppchen in feiner Jelly, und da hockte Silke, durchforstete den Wälzer, murmelte, kritzelte, seufzte, strich durch und rief dann Karin an. Die war keine große Hilfe.

»Jetzt mach doch keinen Aufstand!« murrte sie, als ihr Silke zum sechsten Mal in zwei Tagen die Ohren voll jammerte. »Hol halt irgendwas aus der Tiefkühltruhe!« Das war Karins kulinarische Antwort für alle Lebenslagen.

Worauf Silke in unfreundlichem Ton äußerte, daß Leute, die einem eine Suppe einbrockten und sie dann nicht auslöffelten, von Rechts wegen erschossen werden sollten. Es seien schon Menschen wegen geringerer Vergehen vom Leben zum Tode befördert worden …

Daraufhin schrie Karin: »Au Backe! Es riecht angebrannt! Meine schöne Tiefkühl-Lasagne!« Und hängte ein.

Jetzt griff Silke zum Äußersten. Zwecks Errettung aus der Not rief sie die Kavallerie an. Das hatte sie bisher vermieden und auch Karin um Diskretion gebeten, weil (O-Ton Silke): »Tom ein Geheimnis zwischen uns beiden ist. Erst mal sehen, wie's läuft. Ich verlasse mich da voll auf deine Diskretion. Klar?«

»Klar!« beteuerte Karin. »Du kannst dich auf mich verlassen. Ich schweige wie ein Grab!«

Als Silke nun ihre liebe Freundin Iris an der Strippe hatte, sagte die: »Ach, unsre Meisterköchin! Daß du dich mal meldest. Ich dachte schon, du wärst beim Üben in der Zwiebelsuppe ersoffen, hahaha!«

Silke schnappte nach Luft wie Nachbars Goldfisch, als ich ihn damals mit der Pfote aus dem Gartenteich geangelt hatte.

»Und wie klappt's mit der Diät?« plauderte Iris weiter, da Silke aus Luftmangel stumm blieb. »Meinst du wirklich, du paßt bis morgen in ein TomTom-True-Kleid Größe sechsunddreißig rein?«

Silke lief rot an und schrie: »Dieses Luder! Diese Tratschtante! Ich bring sie um!«

Worauf sich Iris schier ausschütten wollte vor Lachen. Als sie sich wieder einigermaßen beruhigt hatte, fragte sie: »Du hast doch wohl nicht ernsthaft erwartet, daß Karin die Klappe halten würde, oder?«

»Doch«, erwiderte Silke eisig. »Das hatte ich.«

»Ach Gottchen«, japste Iris. »Karin! Die weiß doch gar nicht, was Diskretion ist, und wenn sie ihr ins Gesicht springt!«

»Wenn hier jemand Karin bei nächster Gelegenheit ins Gesicht springt, bin ich das!« fauchte Silke.

»Ach komm, sei nicht sauer«, sagte Iris. »Sag mir lieber, was ich für dich tun kann ... Du rufst doch sicher nicht nur an, um mal wieder mein liebes Stimmchen zu hören, hmmm?«

Silke war hin und her gerissen zwischen gerechter Empörung und dem verzweifelten Wunsch, nun endlich ihren Menüplan auf die Reihe zu kriegen.

»Okay«, seufzte sie schließlich. »Schwamm drüber. Aber nur, wenn du mir sagst, was ich der Meute morgen vorsetzen soll! Meine Mutter kann ich nicht fragen. Du weißt doch, wie sie ist.«

Iris räusperte sich. »An was hattest du denn gedacht?«

»Das Menü sollte meine Kochkunst nicht überstrapazieren, wenig Arbeit machen und nicht zu teuer sein.«

Iris überlegte einen Moment, dann sagte sie: »Ich hab's! Büchsenravioli mit frischgeriebenem Parmesankäse! Und zum Nachtisch eine Banane pro Nase! Das Schälen wirst du doch wohl hinkriegen, oder?«

»Du bist wirklich gemein!« keifte Silke. »Und so was wie du nennt sich Freundin!«

»Haha, war doch nur Spaß!« kam es von Iris. »Paß auf: Als Vorspeise servierst du Melone mit Schinken. Als Hauptgericht ein herzhaftes Gulasch, ich diktiere dir gleich das Rezept, damit kann überhaupt nichts schiefgehen. Und zum Nachtisch kochst du einen Schokoladenpudding nach Packungsanweisung und raspelst Schokolade rein. Und obendrauf kommt ein Klecks Schlagsahne.«

Silke, die sich hektisch Notizen gemacht hatte, ließ das Menü auf sich wirken. »Und du meinst, ich schaff das mit dem Gulasch?« fragte sie zweifelnd.

»Sogar ein Schimpanse mit zwei linken Daumen würde das aus dem Ärmel schütteln«, versicherte Iris. »Ich sag dir jetzt, wie's geht ...«

Hier folgte eine detaillierte Auflistung der Zutaten und Arbeitsgänge. Silke schrieb und schrieb und sah schon wesentlich fröhlicher aus.

»Das hört sich wirklich einfach an«, seufzte sie schließlich. »Vielen Dank! Bist doch ein echter Kumpel.«

»Keine Ursache, Schnucki. Als Gegenleistung erwarte ich natürlich einen detaillierten Bericht über das große Ereignis!«

»Klar!« versicherte Silke glücklich. »Versprochen.«

Kaum hatte sie die grüne Taste gedrückt, tippte sie auch schon Anjas Nummer ein. Selbstverständlich war auch Anja über den morgigen Abend und die Schatten, die er vorauswarf, bestens informiert und machte kein Hehl daraus.

»So was kann und darf man seinen besten Freundinnen nicht vorenthalten, Schnucki«, sagte sie, als Silke sich bitterlich über Karin beschwerte. »Das wäre unmoralisch.«

Silke, die mit einem Auge unentwegt ihr Rezept studierte, hatte ihr Pulver verschossen und zeigte sich friedfertig. »Okay«, sagte sie. »Beim nächsten Mal setze ich's gleich in die Zeitung, damit auch wirklich jeder Bescheid weiß ... Und jetzt sag mir: Serviert man Bier zu Gulasch? Oder Wein? Weißen? Roten? Sekt?«

»Sieh mal zu, daß alles im Haus ist«, meinte Anja fachmännisch. »Wir kriegen's schon alle bei unserem nächsten Weiberabend.«

Nach einem halbstündigen Geplänkel über Make-up, Garderobe und Tischdekoration war das Gespräch beendet. Sehr viel glücklicher als all die Tage zuvor, begab sich Silke ins Bett. Mit mir natürlich. Und Nemo am Fußende.

5

Nun war er endlich heraufgedämmert, der große Tag. Als ich von meinem Morgenspaziergang zurückkehrte, hörte ich den Wecker im Schlafzimmer: Piep-piep-piepiepiep! Im selben Moment schlug die Kuckucksuhr acht. Silke grummelte etwas in sich hinein, stöhnte, es gab einen Rums, der Wecker verstummte. Quietsch-quietsch, das war die Matratze. Silke hatte sich auf die andere Seite gedreht. Da mit Frühstück nun leider nicht so bald zu rechnen war, machte ich ein Nickerchen auf dem Sofa. Um irgendwann unsanft aus dem Schlummer gerissen zu werden.

»O verflucht! Zehn Uhr!« schrie Silke aus dem Schlafzimmer. »Ich hab verpennt!«

Sie sprang aus dem Bett, fuhr in ihre Kleider, flitzte ins Bad, putzte sich die Zähne und legte eine Notbemalung auf. Raste in die Küche, goß eine Tasse Instantkaffee in sich hinein, servierte mir (und Nemo) das Frühstück, stürzte, mit ihrem Einkaufskorb bewaffnet, aus der Wohnung. Sie kehrte nach Stunden schwerbeladen zurück und verschlang in der Küche im Stehen zwei Schinken-Käse-Croissants. Sie lief wieder raus, um eine

Kiste mit Wein- und Sektflaschen hereinzuschleppen, verstaute ihre Einkäufe, holte den Staubsauger hervor, worauf ich beschloß, daß es an der Zeit war, draußen einen kleinen Bummel zu unternehmen.

Als ich kurz vor sechs heimkam, um mein Dinner einzunehmen, legte Silke, umwuselt von Nemo, gerade letzte Hand an den festlich gedeckten Tisch. Ein durchdringender Geruch lag in der Luft. Schmorendes Fleisch, diagnostizierte ich. Es schien jedoch gesundheitlich nicht ganz auf der Höhe zu sein.

Die Wohnung blitzte und blinkte. Silkes frisch gewaschene blonde Haare schimmerten, und die drei Pfund Goldschmuck, die sie über den Oberkörper verteilt trug, glänzten. Sonst sah sie ziemlich schwarz aus. Schwarze Stöckelschuhe, schwarze Strumpfhosen, der enge schwarze Rock, schwarzes Oberteil. Das allerdings ließ viel Haut frei, vor allem über den weichen Protuberanzen, die als Brüste bezeichnet werden. Hier möchte ich anmerken, daß ich bis jetzt noch nicht herausgefunden habe, wozu sie dienen. Was merkwürdig ist, da die Natur ja nichts hervorbringt, das nicht irgendwie von Nutzen für das Individuum ist: also die Augen zum Sehen, die Ohren zum Hören, die Pfoten zum Gehen, und so weiter. Diese Protuberanzen scheinen jedoch keine Funktion zu haben. Silke pflegt sie in einem eigens dafür vorgesehenen Kleidungsstück zu verstauen, und damit hat es sich. Es scheint ihr jedoch Freude zu bereiten, wenn Männchen damit spielen, worauf sie im allgemeinen ganz wild sind. Ob die Natur diese eigenartig geformten Wölbungen also als Spielzeug wachsen läßt? Das war ein interessanter Gedankengang, den ich aber beiseite schob, als Silke unser Abendessen servierte.

»Und ja nicht betteln, wenn die Gäste da sind – Puschkin!« sagte Silke zu mir, während sie uns beim Verzehr unserer Mahlzeit zusah. Pah. Als ob ich es je nötig gehabt hätte zu betteln. Wenn Karin Eduard den Mops mitbringt, sabbert der ja schon, wenn Silke nur zum Eisschrank geht. Kaum steht irgendwas auf dem Tisch, das er für verwertbar hält (ausnehmen möchte ich da höchstens Geschirr und Papierservietten), traut er sich hervor. Sitzt neben Silkes Stuhl und rollt die Glubschaugen, wenn Karins Adlerblick ihn streift. Karin vertritt ja die Auffassung, daß Hunde auf keinen Fall vom Tisch gefüttert werden dürfen, aus erzieherischen Gründen. Der Meinung bin ich auch. Alles, was von Silkes Teller heimlich in die Unterwelt wandert, landet in meinem Schlund.

Um sieben klingelte es endlich. Ich sage endlich, weil ich Silkes hektische Betriebsamkeit keine Minute länger ertragen hätte. Wahrscheinlich hätte ich ihr im nächsten Moment mit allen Krallen die Strumpfhose von den Beinen geschält. Sie stöckelte nämlich unaufhörlich klackklackklack von der Küche ins Bad, vom Bad in die Küche, immer mit einem kleinen Schlenker am Eßtisch vorbei, um nachzusehen, ob auch kein Glas, keine Gabel, kein Blumenstengel abhanden gekommen war. In der Küche inspizierte sie eine bräunliche Mischung in einer Glasschüssel, steckte den Kopf in den Backofen und rührte in einer Kasserolle, hackte mit einem gefährlich aussehenden Messer auf unschuldige Melonen ein, säbelte Weißbrot. Im Bad betrachtete sie sich im Spiegel. Zupfte da ein Augenbrauenhärchen weg, hantierte mit Puder, Lippenstift; sprühte so viel Duftwasser über sich, daß ich niesen mußte.

Als es nun klingelte, spurtete sie erst mal zur Musikanlage, um eine neue Silberscheibe in den Apparat zu schieben. Dann erst rannte sie zur Tür. Ich hatte mich im Flur postiert, damit mir auch ja nichts entging.

Mit strahlendem Lächeln riß Silke die Tür auf. »Hallo! Herzlich willkommen ... Karin?! Bist du allein?«

Karin zog den Blumenstrauß weg, den sie sich vors Gesicht gehalten hatte, und lachte.

»Darf ich trotzdem reinkommen?« erkundigte sie sich freundlich.

Silke verschränkte die Arme vor der Brust und funkelte sie an. »Wo ist Tom? Und äh, Ingo?!«

Karin schlängelte sich an ihr vorbei in die Wohnung.

»Jetzt krieg dich wieder ein. Ich bin doch eine halbe Stunde zu früh!«

»Warum?!«

Karin zuckte die Achseln und zog ihre Jeansjacke aus. »Ist das hier ein Kreuzverhör oder was?«

»Ich dachte, ihr kommt zusammen«, murmelte Silke enttäuscht.

Karin warf der Freundin einen mitleidigen Blick zu, nuschelte etwas, das wie »Nervenbündel« klang, und drückte ihr die Blumen in die Hand. »Hier. Für die Köchin. Sag mal ... was riecht denn hier so komisch?«

»Was heißt hier komisch, du Trantüte!« fuhr Silke auf. »Es duftet! Lecker! Nach meinem köstlichen Gulasch!«

Karin zuckte zusammen. »Ach so. Hm ja. Das wollte ich ja auch sagen. Es duftet – hm, lecker!«

»Dein Glück«, murmelte Silke und führte ihre Freundin ins Wohnzimmer. Wo Karin prompt zwei Fenster in Kippstellung brachte.

Pünktlich um halb acht – Silke und Karin hatten die Zeit genutzt, um eine Flasche Sekt zu killen – klingelte es. Wieder segelte Silke mit strahlendem Lächeln zur Tür, wobei sie zweimal über Nemo stolperte, der im Zickzackkurs ihre Bahn kreuzte. Ich blieb, wo ich war – mitten auf dem Teppich. Aufrecht, meinen Federboaschwanz majestätisch um die Vorderpfoten gewickelt. Zweifellos würde der Blick des mystischen Katzenkenners zuallererst auf mich fallen, wenn er das Wohnzimmer betrat.

Das Entree der Gäste verzögerte sich allerdings. Nach den ersten Begrüßungsfloskeln hörte ich eine angenehme männliche Stimme bewundernd sagen: »Zimt und creme. Und dieser Glanz! Diese seidige Struktur! Ja, die Natur kreiert immer noch die schönsten Pelze!«

»Das ist Nemo. Mein Kleiner!« sagte Silke so stolz, als handele es sich um ihr eigenes Junges.

Eine zweite männliche Stimme, etwas heller, ließ verlauten: »Ffoo ein füfes kleinef Katerffen! Nein, wie ffnurrt er ffo ffön! Mieff-mieff! Puffi-puffi!«

Banausen, alle beide. Karin und Silke würden sich noch umgucken. Hauptgewinn? Großes Los? Ha! Bei denen reichte es doch höchstens zum Trostpreis.

Allerdings muß ich zugeben, daß ich meine Meinung über Tom und Ingo revidieren mußte. Sie kamen herein, sahen mich, eilten zu mir herüber und fielen vor mir auf die Knie.

»Und das«, verkündete Silke, die eine große Pralinenschachtel mit einer dicken roten Schleife in der Hand hielt, laut und begeistert, »ist Puschkin! Ist er nicht bildschön?«

Tom, erkenntlich an den langen blonden Locken und dem Glitzerstein im Ohr, schob sein Gesicht ganz nah vor meines und sah mir in die Augen.

»Bernstein«, sagte er ergriffen. »Der reinste Bernstein. Ich sehe ein Kleid vor mir, Ingo, aus Seide, in genau dieser Couleur, mit schwarzem Pelzbesatz am Dekolleté, selbstverständlich synthetisch ...«

Das möchte ich dir auch geraten haben. Es sei denn, du würdest Hundepelz verarbeiten. Aber wer würde schon schäbiges, räudiges Köterhaar am Ausschnitt tragen wollen?

Ingo, der wuschelige braune Haare und trotz Karnikkelzähnen ein nettes Lächeln hatte, schob einen Finger unter mein Kinn und kraulte sacht. »Iff wollte immer ffon einen ffwarzen Kater haben ...«, meinte er sehnsüchtig, »würde total gut in unser, äh iff meine, in mein Ffimmer paffen.«

»Katzen wetzen ihre Krallen überall«, erinnerte ihn Tom sanft. »Am Teppich, am Sofa, an der Tapete ... wir haben doch keinen Garten.«

»Ihr könntet einen Kratzbaum aufstellen«, sagte Karin, die nun neben Ingo stand und sanft die Hand durch sein Haar gleiten ließ. Er sah auf, lächelte, erhob sich und küßte sie. Tom tat es ihm nach. Sie gaben ein hübsches Bild ab, wie sie da zu viert zusammenstanden, Tom, Ingo, Karin und Silke.

Mit einem Mal erinnerte sich Silke an ihre Pflichten als Gastgeberin. Sie schloß die Fenster, damit auch nur ja niemand der Zugluft ausgesetzt war, und fragte: »Ein Glas Sekt als Aperitif?«

»Gern«, meinten Tom und Ingo wie aus einem Munde.

Karin setzte sich aufs Sofa und klopfte einladend auf das Polster neben sich. »Setzt euch doch!«

Das ließ ich mir nicht zweimal sagen. Mit einem Satz sprang ich auf ihren Schoß.

Tom griff sich Nemo, der sich anbiedernd an seinen Beinen rieb, und setzte sich in den Sessel. Ingo nahm neben Karin Platz und kraulte mich. Er war wirklich nicht übel (für ein Männchen), und Karin hatte ganz recht: Sein Sprachfehler tat seinem Charme keinen Abbruch. Silke, die in die Küche verschwunden war, kam nun mit einer Sektflasche und Gläsern zurück. Sie schenkte rundherum ein und setzte sich dann auf die Sofalehne.

»Du bist genau so, wie ich mir dich vorgestellt habe«, sagte Tom nach dem ersten Schluck zu ihr. »Sehr weiblich. Mit einer ganz besonderen Ausstrahlung.«

»Oh, danke!« hauchte Silke entzückt.

Karin kniff ein Auge zu und blinzelte Silke heimlich zu. Silke schlug errötend die Augen nieder. Ingo schnüffelte, nieste, schnüffelte wieder.

»Hatschi!« sagte Karin zärtlich.

Worauf Ingo eine wahre Niessalve abfeuerte. »Tut mir leid«, stieß er zwischen den Niesern hervor, »aber irgendwas kitzelt mir in der Nase.«

(Falls es jemanden interessiert: Ja, er lispelte nach wie vor. Wer will, kann sich die fffs dazudenken).

Tom und Karin schnüffelten, rümpften die Riechorgane und warfen sich einen Blick zu, sagten aber nichts.

»Oh ...«, rief Silke besorgt. »Du wirst dich doch nicht erkältet haben?«

»Ach, schon vorbei«, sagte Ingo und lächelte sie mit tränenden Augen an.

Nachdem die Sektgläser geleert waren und man ein bißchen geplaudert hatte – über Toms übernächste Kollektion, für die er schon seit einem Jahr Ideen sammelte –, fand Silke es an der Zeit, zu Tisch zu bitten und ihre Melone mit Schinken zu servieren. Ich nahm neben Ingos Stuhl Platz, nur für den Fall, daß ein Bissen dem Zugriff seiner Zähne entging. Schinken ist in meinem Magen allemal besser aufgehoben als auf dem Teppich. Die Melone wurde von den Gästen begeistert aufgenommen, Silke hatte sie ja auch wirklich hübsch in Scheiben geschnitten und reichlich mit dem köstlichen Schweineprodukt garniert. Leider erwiesen sich Ingos Zähne als funktionell, ein Happen nach dem anderen verschwand unfallfrei in seinem Schlund. Ich tupfte diskret mit der Pfote gegen sein Knie. Er schaute nach unten und begegnete meinem Blick. Kurz darauf tauchte eine Hand mit einem Stück Schinken vor meiner Nase auf. Ich kaute genüßlich und dankte dem Schicksal, daß Nemo aufgrund mangelnder Erfahrung nicht wußte, was ihm da entging: Er schlummerte friedlich auf dem Sofa.

Nun schleppte Silke die riesige gußeiserne Kasserolle herbei, die sie eigens von ihrer Mutter ausgeliehen hatte. Sie stellte sie auf einen feuerfesten Untersetzer mitten auf den Tisch und lupfte den Deckel. Eine Schwade übelriechender Luft entwich und breitete sich in Sekundenschnelle aus. Silke prallte zurück, fing sich aber bewundernswert schnell.

»Das ehm …«, begann sie, »ist mein …«

Weiter kam sie nicht. Ingo explodierte in einem Niesanfall, der seinesgleichen suchte. Tom reichte ihm mit angehaltenem Atem ein frisches, blütenweißes Stofftaschentuch. Karin hielt sich mit zwei Fingern die Nase zu, lupfte ihr Hinterteil vom Stuhl und schaute in den Topf. Setzte sich wieder und schloß die Augen. Ingo hatte sich nun endlich ausgeniest, seine Nase zitterte aber noch immer wie die eines Kaninchens.

»Tut mir leid«, ächzte er. »Wirklich. Es müssen die Gewürze sein. Ich – hatschi! – reagiere da manchmal ein bißchen empfindlich ...«

Tom zog ein zweites blütenweißes Taschentuch aus seiner Hosentasche, hielt es sich vor Mund und Nase und klopfte Ingo mit der freien Hand auf die Schulter. »Denk einfach nicht dran, dann wird's gleich besser.«

Ingo lächelte ihn an. Silke räusperte sich. »Äh, es ist eigentlich nur Thymian dran ... und Tabasco. Und Zwiebeln. Es ist Gulasch, wißt ihr ...«

Karin öffnete die Augen. »Bist du sicher?« wollte sie wissen.

Silke war den Tränen nahe. »Natürlich bin ich sicher! Ich hab's schließlich gekocht. Genau nach Rezept.«

Tom hielt ihr seinen Teller hin. »Es sieht ganz köstlich aus«, sagte er fest. »Aber trotzdem nur eine kleine Portion, bitte. Ich muß ja leider immer auf meine Linie achten!«

Silke, mit einem tapferen Lächeln, lud ihm eine zähe, bräunliche Masse auf den Teller.

Karin schluckte. »Mir bitte auch ganz wenig. Ich hab im Moment zwei Kilo zuviel auf den äh ... Rippen.«

Silke warf ihr einen giftigen Blick zu und klatschte

zwei Suppenkellen voll auf den Teller, ehe Karin auch nur piep sagen konnte.

»Iß du nur mal. Ich glaub nicht, daß Ingo gern auf deinen Rippen Klavier spielt«, sagte sie.

Ingo wurde rot und hielt stumm seinen Teller in die Höhe.

»Für dich nur einen kleinen Klecks«, sagte Silke mütterlich. »Wegen deiner Allergie.«

Ingo nickte und lächelte sie dankbar an.

Ich hätte schwören können, daß Karins und Toms Nasenspitzen grün vor Neid wurden.

Da saßen sie nun vor ihren Tellern, auf denen die bräunliche Matsche vor sich hin stank. Silke ergriff als erste die Gabel, ließ sie wieder sinken.

»Brot!« rief sie. »Ich hab das Brot vergessen!«

Sie lief in die Küche, um den Brotkorb zu holen. Karin riß sofort sämtliche Fenster auf. Eine Hand hielt mir einen glitschigen Bissen hin. Nein, Ingo, das kann ich nicht annehmen. Wirklich nicht. Ich könnte es nicht ertragen, dich hungern zu sehen, während ich mir diese Köstlichkeit einverleibe. Und ehe ich noch der Versuchung erliege, begebe ich mich jetzt aus der Gefahrenzone. Nämlich aufs Sofa, neben das weit geöffnete Fenster.

»Der Kater hat's nicht gefressen«, hörte ich Ingo zischeln. »Meint ihr, es ist vergiftet?«

Das Ende vom Lied war, daß alle Anwesenden sich eine einzige Gabel des Gulasch einverleibten. Man lutschte an, schluckte schnell, schnappte mit tränenden Augen nach Luft und kippte ein Glas Wein hinterher. Silke stand wortlos auf, sammelte die Teller ein und trug sie in die Küche. Karin schleppte die Kasserolle zur Wohnungstür hinaus. Sie kam mit leeren Händen wieder und verschwand ebenfalls in der Küche. Ingo sah Tom an, Tom sah Ingo an. Tom seufzte.

»Ich ruf mal den Pizza-Express an«, sagte er und ging zum Telefon.

Es wurde dann doch noch ein netter Abend, was ich immer am Lärmpegel und der Anzahl der verkonsumierten Weinflaschen messe. Nachdem Tom telefonisch vier Salamipizzen bestellt hatte, begab er sich, gefolgt von Ingo, in die Küche, aus der gedämpftes Schluchzen drang, unterbrochen von Ausrufen wie: »Thymian! Klar hab ich die ganze Tüte genommen, es waren doch fünf Pfund Fleisch. Und Tabasco! Ich dachte, Mensch, das Fläschchen ist so winzig, und ich brauch das Zeug doch auch nie wieder, also rein damit! Und ein Beutel Zwiebeln …« Gemurmel von Tom.

Silke: »Schälen? Muß man Zwiebeln für Gulasch denn schälen?! Ich dachte, die Häute lösen sich beim Kochen auf oder so … hat das Zeug deshalb so ekelhaft süß geschmeckt? Wegen der Zwiebelschalen?«

Gemurmel von Tom.

Silke, kläglich: »Ich muß das Salz mit dem Zucker verwechselt haben … o Scheiße, Scheiße, Scheiße. Nein, halt den Mund, Karin!«

Karin, deren Stimme vor unterdrücktem Lachen zitterte, sagte: »Aber ich wollte doch nur fragen, wie lange du es hast schmoren lassen.«

»Na, lange!« gab Silke patzig zurück. »Genau wie Iris gesagt hat. Sie meinte, Gulasch muß so weich sein, daß man es mit dem Löffel essen kann. Und das konnte man ja wohl, oder?«

Es entstand eine kleine Pause. Dann brachen alle, Silke eingeschlossen, in Gelächter aus, und der Abend war gerettet. Man verzehrte die Pizza, man stippte einen Finger in den braunen Inhalt der Glasschüssel (angeblich Schokoladenpudding mit Schokoraspeln), schleckte ab und befand einstimmig, daß man sich das Dessert, mit Rücksicht auf die schlanke Linie (schweren Herzens) verkneifen wolle. Ich hörte deutlich, daß Karin Ingo ins Ohr zischte, daß Silke wenigstens beim Nachtisch nicht am Salz gespart habe.

Man trank sich durch zahlreiche Flaschen Rotwein hindurch und schnatterte um die Wette. Irgendwann saßen dann alle auf dem Teppich vor dem Eßtisch und spielten mit Nemo. Ingo ließ den kleinen Teufel gegen seine Hand kämpfen und jammerte, wenn die spitzen Zähne sich in die Haut bohrten. Tom übernahm, indem er die Spielmaus an ihrer Schnur hin- und herpendeln ließ. Als das zu langweilig wurde, stand Silke auf, begab sich leicht schwankenden Schrittes ins Bad und kam mit einer leeren Klopapierrolle wieder, die Nemo glücklich übers Parkett trudelte. Ich lag in Karins Schoß und schnurrte zufrieden unter ihren rauhen Händen.

Als die Kuckucksuhr zwölf schlug, ruhte ich auf dem Sofa, von wo aus man einen guten Überblick hat. Nemo lag schlummernd zwischen Ingos Beinen. Karin schmiegte sich an Ingo und hatte den Kopf an seine Schulter gelegt. Tom lag lang ausgestreckt da, sein blondlockiges Haupt in Silkes Schoß gebettet. Er blinzelte träge zu ihr hoch und strich ihr mit einem Finger zärtlich über die Lippen.

»Schön ist's bei dir«, murmelte er. »So richtig gemütlich.«

Silke strahlte und strich ihm eine Haarsträhne aus der Stirn. Ingo hatte die traute Szene mit böse zusammengekniffenen Augen verfolgt. Jetzt holte er tief Luft und sagte: »Du, Karin. Ich würde mir unheimlich gern deine Matchboxautos ansehen. Jetzt gleich.«

Karin schreckte hoch und rieb sich die Augen. »Meine Matchboxautos? Jetzt?«

Tom entfernte seinen Kopf aus Silkes Schoß, rappelte sich zum Sitzen auf und schoß Ingo einen, wie ich fand, ziemlich unfreundlichen Blick zu. »Was soll das heißen, Ingo?« fragte er seidenweich.

Ingo schaute von Tom zu Silke, wieder zurück zu Tom. »Das weißt du ganz genau«, gab er trotzig zurück.

Was ging hier vor, fragte ich mich. Ein eisiger Luftzug schien auf einmal von irgendwoher zu wehen, obwohl die Fenster doch geschlossen waren. Das war auch Silke und Karin, trotz ihres beschwipsten Zustands, nicht verborgen geblieben.

»Gut«, sagte Tom nun frostig. »Tu, was du nicht lassen kannst.«

»Gleichfalls«, kam es kühl von Ingo. Er stand auf und zog an Karins Hand, um sie auf die Beine zu stellen. Karin ließ sich nur widerwillig in die Senkrechte bringen.

»Aber wieso willst du denn so plötzlich los? Ist doch erst zwölf ...«, murrte sie.

Ingo küßte sie schnell auf den Mund.

»Weil ich müde bin«, sagte er, legte den Arm um ihre Schultern und lächelte strahlend zu Tom hinüber. Tom legte einen Arm um Silkes Schultern und lächelte ebenso strahlend zurück.

Karin sah verständnislos von einem zum anderen, brummelte etwas Unverständliches in sich hinein und schwankte zum Telefon.

»Ich ruf dann mal ein Taxi«, sagte sie.

»Ja aber ...«, schaltete sich jetzt Silke etwas verspätet ein, »wollt ihr denn wirklich schon los? Es war doch grad so gemütlich ...«

Tom tätschelte ihre Schulter. »Ich bleibe noch ein bißchen. Ja?«

»Ja!« hauchte Silke. Sie lächelten sich an.

Ingo kniff die Lippen zusammen.

Karin orderte das Taxi und drückte die grüne Taste. »Kommt in zehn Minuten«, sagte sie.

»Wunderbar. Wir warten draußen«, gab Ingo zurück.

»Ist auch besser so«, schoß Tom zurück.

Silke und Karin warfen sich einen entsetzten Blick zu. Silke erhob sich etwas mühsam.

»Ja, was ist denn auf einmal los mit euch? Tom? Ingo?« wollte sie wissen.

Menschen strengen ja ungern selbst ihr Hirn an. Wenn sie auf Informationen erpicht sind, pflegen sie ihren Artgenossen ermüdende Fragen zu stellen. Ich war – durch simples Nachdenken – zu dem Schluß gekommen, daß Ingo und Tom ein Floh gebissen haben mußte. Nur verständlich, daß so was auf die Stimmung schlägt, oder?

»Frag ihn«, sagte Ingo und wies mit dem Daumen auf Tom.

»Haha. Du mußt grad reden«, machte Tom und legte einen Arm um Silkes Hüfte.

Ingo schlang einen Arm um Karins Schulter und steuerte auf die Wohnungstür zu. Bei Silke blieb er stehen, gab ihr einen Kuß auf die Wange und bedankte sich für den schönen Abend, ganz freundlich und unbefangen. Tom, der genau daneben stand, ignorierte er. Karin umarmte Silke und Tom, tippte sich bedeutungsvoll an die Stirn und rollte mit den Augen.

»Ich ruf dich an!« zischte sie noch in Silkes Ohr, dann hatte Ingo sie schon weitergezerrt.

Silke eilte hinterher. »Wartet doch! Ich bring euch noch zur Tür …«

»Nicht nötig«, tönte Ingo aus dem Flur.

»Halt!« rief Silke. »Karin! Was hast du eigentlich mit dem Gulaschtopf gemacht?«

»Hab ich samt Inhalt in die Mülltonne geschmissen«, sagte Karin.

»O Gott!« schrie Silke. »Mutti bringt mich um!«

»Kauf ihr einfach 'nen neuen Pott«, hörte ich Karin noch sagen. Dann wurde die Wohnungstür geöffnet, es gab ein zweistimmiges Bye-bye, ein mattes Tschüs von Silke. Die Tür klappte zu, und weg waren Ingo und Karin.

6

Als Silke wieder ins Wohnzimmer kam, saß Tom mit finsterer Miene neben mir auf dem Sofa und füllte sein Glas mit Rotwein.

»Prost«, sagte er und kippte den Wein hinunter.

»Ich hol mir mal ein Bier«, meinte Silke.

Tom schwenkte sein leeres Glas und sagte: »Bring mir eins mit.«

Silke brachte das Bier (zur Feier des Tages auch Gläser) und ließ sich neben ihm nieder. Tom schenkte ein und reichte Silke ihr Glas. Sie tranken schweigend, beide anscheinend in nicht allzu angenehme Gedanken versunken.

Endlich fragte Tom leise: »Sag mal. Hat Karin wirklich eine Matchboxauto-Sammlung?«

»Ja, klar. Ist ihr ganzer Stolz«, gab Silke bereitwillig Auskunft.

»So. Hm«, machte Tom und sah aus irgendeinem Grund nicht mehr gar so düster drein.

»Das Schlafzimmer ist voll von den Dingern«, plauderte Silke weiter. Worauf Tom in sich zusammensank und die Hände vors Gesicht schlug. Silke rutschte zu ihm hinüber und legte eine Hand auf seine Schulter.

»Tom. Mensch ... was ist denn bloß los?«

Tom, immer noch die Hände vorm Gesicht, schüttelte den Kopf, daß die Haare flogen.

Silke rutschte noch näher und legte einen Arm um seine Schulter. »Es war doch alles ganz schön und harmonisch, und auf einmal giftet ihr euch an, du und Ingo ...«, sagte sie hilflos.

Tom nahm die Hände vom Gesicht. Sein Blick war so wild, daß einem angst und bange werden konnte.

»*Er* ist schuld! Er ganz allein!« fauchte er. »Bedank dich bei diesem Miststück!«

Silke zuckte zusammen. »Meinst du Ingo?«

Tom lehnte sich zurück und schloß die Augen. »Was soll's«, sagte er müde. »Jetzt ist's eh zu spät.« Er öffnete ein Auge und schielte auf seine Armbanduhr. »Karin kann einem leid tun.«

Das war zuviel für Silke. Wenn's um eine ihrer Freundinnen geht, versteht sie keinen Spaß.

Sie zupfte energisch an Toms Hemdärmel und zischte: »So, jetzt reicht's. Jetzt sagst du mir auf der Stelle, was hier eigentlich gespielt wird!«

Bei diesem Ton war Tom erschrocken zusammengezuckt und hatte beide Augen aufgerissen. Er und Silke fixierten sich einen Moment stumm. Dann holte Tom tief Luft, riß Silke in seine Arme, kniff die Augen zu und küßte sie auf den Mund. Auch so eine Marotte von Homo sapiens, das Aufeinanderpressen der Lippen. Warum leckt man sich nicht gegenseitig die Ohren, wenn man freundschaftliche Gefühle füreinander hegt?

Aber für eine so subtile Form der Liebkosung sind Menschen wohl zu phantasielos.

Es wurde ein ziemlich langer Kuß, ich hatte mir in der Zwischenzeit problemlos Gesicht und Pfoten waschen können. Als sich Tom und Silke endlich voneinander lösten, war Silkes Gesicht ganz rosig, sie lächelte. Karin und Ingo schienen für den Moment vergessen. Tom wirkte eher verwirrt. Vorsichtig strich er sich mit dem Finger über die Lippen und sagte: »Wow. Man könnte glatt vergessen, daß du … oh.« Er klappte eine Hand über den Mund und wandte den Blick ab.

»Ja?« sagte Silke erwartungsvoll. »Man könnte glatt vergessen, daß ich was …?«

»O Mist«, murmelte Tom. »Ich … äh, also …«

Silkes Lächeln war verschwunden. »Tom?!« sagte sie drohend.

Tom stieß einen gequälten Seufzer aus. »Okay. Hat ja doch keinen Zweck. Und ich will ja auch deine Gefühle nicht verletzen. Ingo ist so was ja anscheinend scheißegal … Aber ich … ich wollte dich eigentlich gar nicht küssen. Wer A sagt, muß ja dann meistens auch B sagen, und ich sag doch C …, genau wie Ingo, auch wenn er sich neuerdings in den Kopf gesetzt hat, daß … ach, lassen wir das …«

Silke verstand jetzt gar nichts mehr, was ich ihr nicht verübeln konnte, da es mir genauso ging. Sie überlegte aber tapfer, sortierte und fragte schließlich: »Noch mal zum Mitschreiben, bitte. Also zurück zu Punkt eins: Man könnte glatt vergessen, daß ich was bin?«

Tom schluckte, aber er schaute ihr fest in die Augen

und murmelte: »Daß du ... na ja ..., daß du eine Frau bist.«

Silke schüttelte den Kopf hin und her. Ich hörte förmlich, wie ihre Gehirnwindungen knirschten, als sie versuchte, Toms Sätze zu dechiffrieren.

Tom räusperte sich. »Ich meine, wenn man die Augen zu hat ... Kuß ist Kuß, wenn du verstehst, was ich meine.«

»Du meinst, bei Nacht sind alle Katzen grau?« kam es von Silke.

»Hmm. Nur, daß es sich bei mir um Kater handelt. Normalerweise.«

Was? Tom küßte Kater? Auf den Mund? Wer hätte gedacht, daß es Artgenossen gibt, die sich so was gefallen lassen! Nur gut für ihn, daß er das nicht bei mir probiert hatte.

In Silkes Augen dämmerte Erkenntnis, ihr Unterkiefer sank herab. Tom stand auf, ging zum Fenster und sah hinaus in die Dunkelheit. Silke nahm einen tiefen Zug aus der Bierflasche. Dann sagte sie in das Schweigen hinein: »Tom. Stehst du ... äh ... zufällig auf Männer?«

Was sollte das denn nun wieder heißen?!

Tom drehte sich halb zu ihr herum, sein Mund verzog sich zu einem schiefen Lächeln. »Nicht zufällig. Aus Überzeugung.«

Silke stieß einen abgrundtiefen Seufzer aus. »Schwul. Scheiße. Ich hätte es wissen müssen«, murmelte sie so leise, daß nur ich es hörte. »Es war einfach zu schön, um wahr zu sein.« Laut fragte sie: »Und Ingo? Ist der auch ...«

»Bingo«, gab Tom zurück.

»Ja, aber ...«, rief Silke aus, »was will er denn dann mit Karin?«

»Genau das hab ich ihn auch gefragt«, seufzte Tom und ging zurück zum Sofa. Silke sah zu ihm auf, ein Bild des Jammers mit zitternder Unterlippe. Oh-oh, das sah mir ganz nach einer Tränenflut aus. Und schon tröpfelte es aus Silkes Augen, sie schniefte. Tom setzte sich neben sie, nahm sie in den Arm und fing an zu reden. Daß er Frauen einfach faszinierend fände und nichts lieber täte, als wunderbare Kleider für sie zu entwerfen. Und er habe sich riesig auf den heutigen Abend gefreut, Karin habe ihn so neugierig gemacht, und Silke sei wirklich ein Traum, und ich und Nemo auch. Aber er stehe nun mal auf Männer, das sei immer schon so gewesen, der Kuß eben, das sei für ihn das erste Mal, daß er eine Frau ... na ja. Er habe sich hinreißen lassen, spüren wollen, was Ingo spürte, wenn er Karin küßte. Ingo sei natürlich genauso schwul wie er, da beiße die Maus keinen Faden ab. Seit zwei Jahren seien sie nun das Traumpaar der Szene, endlich glücklich nach vielen Enttäuschungen. Bis ... ja, bis sich Ingo plötzlich in den Kopf gesetzt hätte, daß er im Prinzip bi sei, wenn nicht sogar hetero ... was mit seinen aufrichtigen Gefühlen für Tom nichts zu tun habe. Es habe endlose Diskussionen über Prinzipien und nackte Tatsachen gegeben, Sturzbäche von Tränen seien auf beiden Seiten geflossen, aber wenn Ingo sich erst mal festgebissen habe, gäb's kein Halten mehr. Eine Frau mußte her, und zwar pronto. Tja, und dann habe er Karin kennengelernt ... Karin, die fast aussah wie ein Junge. Vorne und hinten flach, in Jeans und

T-Shirt, kurze Haare. Gleich am nächsten Abend habe er sie Tom vorgestellt, stolzgeschwellt.

Nun habe er, Tom, ja auch seinen Stolz. Er habe gesagt: ›Ingo, tu, was du tun mußt. Ich kann warten. Aber tu dem Mädel nicht weh, die ist nett, die sehnt sich nach ein bißchen Liebe, die hat nicht verdient, daß du sie als Versuchskarnickel benutzt.‹ Ingo tat denn auch nichts, außer zu reden und ziemlich keusch mit Karin rumzuknutschen. Von Tom zur Rede gestellt – ›Siehst du, Ingo, Frauen lassen dich eben kalt!‹ – habe er behauptet, daß man *Frauen* eben nicht gleich an die Wäsche ginge, die besäßen Feingefühl, da ginge es eben nicht um Geschwindigkeitsrekorde! Was das denn bitteschön heißen solle, habe Tom wütend gefragt, ob das eine Beschwerde sein solle, nach zwei Jahren Himmel auf Erden?! Das habe Ingo bestritten. Worauf Tom ihm auf den Kopf zugesagt habe, daß er ihn einfach nicht hochkriegen würde bei einer Frau, das wär alles. Ingo würde sich selbst was vormachen, wenn er sich einbildete, er sei bi, und das sei ja wohl erbärmlich. Bei hetero lachten ja sowieso die Hühner. Das war gestern gewesen. Ingo sei verschnupft gewesen, aber heut morgen im Bett habe man sich wieder versöhnt. Und wie. Ja, und dann saß er eben so inniglich da mit Karin, wie ein alter Ehemann … und er, Tom, sei so verletzt gewesen, und er habe es Ingo zeigen wollen. Daß er auch so tun könnte, als sei er bi. Oder sogar hetero. Was war schon dabei, wenn er seinen Kopf in Silkes Schoß legte, hm? Tja. Die Matchboxauto-Sammlung im Schlafzimmer folgte auf dem Fuße. Und jetzt sei alles kaputt. Er legte den Arm fester um Silke und schluckte.

Silkes Tränen tröpfelten nicht mehr. Sie putzte sich die Nase mit einem blütenweißen, frischen Taschentuch, das Tom ihr gereicht hatte, und legte ihren Kopf an seine Schulter. »Ach, Tom«, sagte sie leise. »Ich wünschte, jemand würde mich so lieben wie du deinen Ingo.«

»Kommt noch«, tröstete Tom und strich ihr übers Haar.

»Weiß schon«, murmelte Silke schläfrig. »Statistik. Ein Hauptgewinn auf tausend Nieten. Ist alles nur eine Frage der Zeit ...« Sie gähnte und schloß die Augen.

Tom gähnte mit und lehnte sich zurück. Ihm fielen auch die Augen zu. Ein paar Atemzüge später waren er und Silke in tiefen Schlummer versunken.

Ich streckte mich in meiner Sofaecke. Endlich Ruhe und Frieden. Nemo lag zusammengerollt auf dem Eßtisch zwischen leeren Tellern, Gläsern und Flaschen. Das Drama war an ihm vorbeigerauscht. Worum war es eigentlich gegangen? Um die Paarbildung, logisch, wie immer bei Homo sapiens. Die Feinheiten hatte ich allerdings – ich muß es gestehen – nicht ganz durchschaut. Aber eins war sicher: Silke und Karin hatten es mal wieder nicht geschafft, sich ein Männchen zu schnappen. Ob sie ein bißchen zurückgeblieben waren, so wie meine Wurfschwester Minnie? Ich weiß noch, wie meine Mutter – eine hervorragende Jägerin und Pädagogin – früher lebende Mäuse anschleppte, um uns Kätzchen das Jagen beizubringen. Wir drei Großen waren gelehrige Schüler, aber die kleine Minnie war Mutters Sorgenkind. Nie kamen Minnies Pfoten mit einer Maus in Berührung, auch wenn Mutter das Tierchen direkt vor ihrer Nase deponierte. Bis mein Schwesterlein sich in Bewegung gesetzt hatte, war die Maus schon davongehuscht. Dabei hätte sie sich gar nicht so beeilen müssen, selbst eine Schnecke hätte Minnie abhängen können. Mutter blieb geduldig. Minnie, so pflegte sie zu sagen, sei in ihrer Entwicklung ein bißchen zurück, was sich aber bald auswachsen werde.

»Du bist ein Spätzünder, Minnie«, sagte Mutter zu dem schwarz-weißen Plüschball, der wieder mal fassungslos einem entschlüpfenden Nager hinterhersah. »Du lernst es schon noch.« Dann leckte sie Minnies Ohren. Und Minnie schnurrte.

Einen Tag bevor Silke mich zu sich holte, entschied sich die nette Bauersfrau von nebenan für Minnie. »Das ist die beste Mäusefängerin aus dem Wurf«, behauptete sie. »So was seh ich auf den ersten Blick.«

Unsere Gastgeberin, die niemals Minnies Jagdversuchen beigewohnt hatte, strahlte. »Das glaub ich auch«, sagte sie. »Den schwarz-weißen liegt's besonders im Blut. Und die Mutter ist wirklich tüchtig. Die nimmt's sogar mit Ratten auf.«

Die Bäuerin drückte Minnie an sich. »Und du bist ganz die Mama, gell, Miezchen?«

Minnie schnurrte vor Stolz so laut, daß ich befürchtete, sie könnte jeden Moment explodieren.

Und was kann man aus diesem kleinen Ausflug in die Vergangenheit lernen? Also: Wenn Karin und Silke sich bei der Jagd auf Männchen (die ihnen ja im Blut liegt) genau so ungeschickt anstellen wie meine Wurfschwester Minnie beim Mäusefangen, kann sich das noch auswachsen.

Wo Leben ist, ist Hoffnung.

Ich mußte wohl auch ein Nickerchen gemacht haben,

denn es dauerte eine Weile, bis ich das penetrante Geräusch in meinen Ohren als das Schrillen der Türklingel identifiziert hatte. Wesentlich länger dauerte es natürlich, bis der Lärm zu Silke und Tom durchgedrungen war. Wozu ich bemerken muß, daß das große, angeblich so leistungsfähige Gehirn, auf das Homo sapiens immer pocht, die mangelhafte Funktion sämtlicher Sinnesorgane bei weitem nicht ausgleichen kann. Da bilden sich die Menschen ein, sie hätten den Planeten und bald das ganze Universum im Griff, dabei trampeln sie taub, blind und ohne einen guten Riecher durchs Leben.

Tom rührte sich als erster. Er rieb sich die Augen, gähnte und bemerkte: »Silke, es klingelt.«

Silke fuhr hoch. »Was? Was ist los?«

»Es klingelt«, wiederholte Tom geduldig. »Ich schau mal nach.«

Jetzt war Silke hellwach. »Halt! Warte! Wenn's nun ein Einbrecher ist?«

»Ich glaub nicht, daß ein Einbrecher klingeln würde«, meinte Tom und stand auf. Silke warf einen Blick auf die Kuckucksuhr. »Viertel nach zwei«, murmelte sie, taumelte hoch und wankte hinter Tom her. Als sie am Eßtisch vorbeiging, ergriff sie eine leere Weinflasche beim Genick. Nemo, eine rotgemusterte Pelzkugel auf einer rotgemusterten Tischdecke, entging ihrer Aufmerksamkeit.

»Wer ist da?« hörte ich Tom in die Gegensprechanlage sagen.

»Ingo«, kam es zurück.

»Wir kaufen nichts«, fauchte Tom. »Und schon gar nicht mitten in der Nacht!«

»Tom!« sagte Silke tadelnd. Der Summer ertönte, kurz darauf wurde die Wohnungstür geöffnet. Sekundenlanges Schweigen. Dann ein Aufschrei: »Tom! Ach, Tom! Es tut mir ja so leid! Kannst du mir verzeihen?«

Ein zweiter Aufschrei: »Ingo! Ach, mein Schatz!« SchmatzSchmatz. Aha. Sie lagen sich in den Armen und küßten sich. Wetten?

»Und?« kam es ängstlich von Tom.

»Nichts und. Sonst wär ich doch nicht hier, oder? Und du?!«

»Nada!« sagte Tom glücklich.

SchmatzSchmatz.

»Ehm ...«, meldete sich jetzt Silke zu Wort. »Ich möchte ja nicht stören ..., aber was ist mit Karin?«

Schmatz. Dann, ziemlich atemlos, Ingos Stimme: »Karin wartet mit Eduard draußen im Taxi. Sie wollte mir erst Gelegenheit geben ... na, mit Tom ...« Schmatz. Ich schüttelte mich. Nicht wegen der Küsserei, sondern wegen Eduard. Wenn ich dieses übelriechende Individuum nie mehr im Leben zu Gesicht bekäme, würde ich nichts vermissen. Ehrlich.

Folgendes ereignete sich: Tom und Ingo verabschiedeten sich glückstrahlend unter Entschuldigungen und Danksagungen. Silke ging mit nach draußen, um Karin reinzuholen. Es mußte noch eine kleine Unterredung gegeben haben, denn es dauerte eine Weile, ehe die beiden zurückkamen, mit Eduard im Schlepp. Er war noch fetter geworden, seit ich ihn das letzte Mal gesehen hatte, sein schwarzer Wanst schleifte fast am Boden. Und das, obwohl Karin angeblich streng auf seine Linie achtete. Entweder Karin schwindelte, oder Eduard hatte Futterquellen in der Nachbarschaft aufgetan, anders war seine Fülle nicht zu erklären. Er warf einen ängstlichen Blick auf meine Wenigkeit und watschelte sofort Richtung Tisch. Karin pflückte den immer noch schlafenden Nemo herunter und hielt ihn dem Dicken zum Beschnüffeln hin. Dabei wachte Nemo natürlich auf. Es gab einen kleinen Meinungsaustausch – erschrockenes Fauchen, ein Pfotenhieb traf eine empfindliche Nase, was ein Aufjaulen von Eduard nach sich zog. Ein kleines Scharmützel unter dem Tisch folgte, dann fegte Nemo mit aufgeplustertem Schwanz und gesträubtem Fell zum Sessel und ließ sich darauf nieder. Von Eduard lugte nur eine schwarze Nasenspitze unter der Tischdecke hervor. Die Fronten waren geklärt.

»Ich wußte doch, daß sie sich vertragen würden«, behauptete Karin und setzte sich neben mich aufs Sofa. Sie sah blaß und müde aus, machte aber einen durchaus gefaßten Eindruck. Silke ließ sich neben ihr nieder und legte einen Arm um ihre Schultern.

»Kann ich heut nacht hier schlafen?« fragte Karin.

Silke lächelte. »Klar.«

Wir lagen in meinem Bett. Silke, Karin und ich und Nemo am Fußende. Meine Erziehung hatte Früchte getragen. Nie hätte er gewagt, in Silkes Armbeuge zu schlafen oder sich, wie ich es jetzt tat, an Karins Bauch zu schmiegen. Eduard lag schnarchend und stinkend unter dem Bett.

»Nacht, Karin. Schlaf gut«, sagte Silke und knipste die Nachttischlampe aus. Mondlicht fiel schwach durch die Ritzen der Jalousie, aber für mich war's fast taghell im Zimmer.

»Nacht«, murmelte Karin. Schweigen. Dann sagte sie laut: »Ich war so blöd. Ich hätte es merken müssen, so wie die Jungs miteinander umgegangen sind ...«

»Ich hab's auch erst gemerkt, als es zu spät war. Sie sollten sich ein Schild um den Hals hängen. ›Vorsicht, Frauen: schwul!‹« seufzte Silke und fügte bitter hinzu: »So 'ne Verschwendung.«

Karin stützte sich auf einen Ellbogen. »Das kannst du laut sagen. Wir sitzen im Wohnzimmer und trinken Mineralwasser. Er rutscht unruhig von einer Pobacke auf die andre und sagt keinen Ton. Versuch ich, mit einem kleinen Scherz die Stimmung aufzulockern. ›Du‹, sag ich, ›meine Matchboxautos sind im Schlafzimmer!‹ Dazu klimper ich mit den Wimpern wie Marilyn Monroe und praktiziere Brust raus, Bauch rein. Nicht, daß es bei mir viel einzuziehen beziehungsweise vorzustrecken gäbe. Es sollte ein Witz sein, verstehst du? Ingo guckt mich an wie ein Karnickel die Schlange. Dann holt er tief Luft und knirscht John-Wayne-mäßig: ›Okay, Baby. Bringen wir's hinter uns.‹

Während ich mich noch frage, was in ihn gefahren ist, zerrt er mich schon hoch und küßt mich wie wild. Rupft an meinem T-Shirt und fummelt am Reißverschluß meiner Jeans. Sag ich: ›Sachte, Ingo, sachte.‹ Er starrt mich an, Wahnsinn im Blick, ich schwör's dir, und keucht: ›Hast recht. Laß uns ein bißchen mit dem Hund an die frische Luft.‹ Na, warum nicht, denk ich, das freut Eduard, und uns tut's auch gut nach dem ganzen Alkohol. Wir gehen also eine halbe Stunde durch die Luft, er sagt kein einziges Wort. Er legt auch nicht den Arm um meine Schulter oder hält Händchen; nein, rast nur im Sturmschritt durch die Gassen. Endlich stehen wir wieder vorm Haus, ich steck den Schlüssel ins Schloß. Da sagt er: ›Du, Karin. Ich kann's nicht. Ich bring's nicht fertig.‹

Ich bin natürlich völlig verdattert. Frage: ›Von was redest du eigentlich?‹ Da sprudelt er schon raus, daß Träume eben doch Schäume sind, er hätt's wissen müssen, als er sich kürzlich nachts als Vater von drei Kindern und Gatte einer reizenden Frau mit beachtlicher Oberweite in einem Häuschen im Grünen wiederfand, die Lockenköpfchen der lieben Kleinen und den Po seiner Angetrauten tätschelte und ein tiefes Glücksgefühl empfand, das ihn auch beim Erwachen noch gänzlich erfüllte. Das, verkündet Ingo, sei für ihn ein Fingerzeig des Schicksals gewesen! Er sei plötzlich überzeugt gewesen, sein ganzes Leben lang seiner wahren Natur Gewalt angetan zu haben. Ingo, habe er sich gesagt, Ingo, im tiefsten Inneren bist du gar nicht schwul!

Platze ich dazwischen: ›Schwul?! Wer ist hier schwul, Ingo?!‹

Er schluckt zweimal trocken und murmelt: ›Na ich. Und Tom.‹

Ich denk, mich tritt ein Pferd. Ich lehne mich an die Tür und japse. Ingo faselt jetzt herum von wahrer echter Liebe, die er mit Füßen getreten hat, und daß eine vollbusige Gattin (wo ihn große Busen doch sowieso an Kuheuter erinnern, igitt, da hätte er gleich stutzig werden sollen!) und drei reizende Kinder im Grünen nichts seien gegen das, was er für Tom empfände, das sei ihm wie Schuppen von den Augen gefallen. Und daß er jetzt auf der Stelle zu dir müsse, um Tom davon abzuhalten, den Fehler seines Lebens zu begehen. Sag ich: ›Ja, und ich?!‹

Er macht beinahe einen Kniefall (alles vor meiner Haustür, bitteschön!) und bittet mich um Verzeihung. Versichert mir, wenn er nun wirklich, wie fälschlicherweise angenommen, bi oder gar hetero wäre, sei ich die Traumfrau, mit der er ein Dutzend Lockenköpfe zeugen wolle. Schnappt sich den Schlüssel und spurtet zur Wohnungstür, schließt auf, ist verschwunden. Ich wanke hinterher, noch ganz geschwächt vom Schock. Da hängt er schon am Telefon und ruft ein Taxi. Ich bin natürlich mitgefahren zu dir. Ich sitz doch nicht allein zu Haus und heul mir die Augen aus ...«

Silke streckte eine Hand aus und fuhr Karin durchs Haar. »Du heulst doch gar nicht ...«

»Nee. Und du?«

Silke zuckte die Achseln. »Wegen Tom? Ach, der war einfach zu toll, um wahr zu sein.«

»Ja, und jetzt?«

»Wie gewonnen, so zerronnen«, verkündete Silke. »Neues Spiel, neues Glück.«

Sie gähnte. Karin und ich gähnten zur Gesellschaft mit.

»Schade, daß wir zwei nicht schwul sind, Schnucki. Ich würde dich sofort heiraten.«

»Ich dich auch«, murmelte Silke schläfrig. Dann kicherte sie. »Noch besser wär's, wenn wir Moslems wären. Dann könnte wir Iris und Anja gleich mit heiraten.«

»Im nächsten Leben vielleicht. Und ich will als Mann auf die Welt kommen«, nuschelte Karin noch, dann war sie eingeschlafen. Silke drehte sich auf den Bauch, die Matratze quietschte. Dann herrschte Ruhe.

Um sechs scheuchte uns Eduard aus dem Schlummer, weil er dringend mal raus mußte. Hunde sind ja unfähig, ihre Ausscheidungsorgane in zivilisierter Umgebung, sprich, in einem dafür vorgesehenen Plastikbehälter in der Wohnung zu entleeren. Sie brauchen immer irgendeinen Lakaien, der die Tür aufreißt, damit sie zum nächsten Baum stürzen und dort ihr Bein heben können. Daß Menschen noch keine Windeln für diese lästigen Köter, die zu den unmöglichsten Zeiten rauswollen, erfunden haben, ist mir ein Rätsel. Na ja, ich muß aber zugeben, daß ich an diesem Morgen, wenn Eduard nicht gekläfft hätte, glatt meinen Termin mit dem Läufer verschlafen hätte. Nach einem erfreulichen Gespräch stromerte ich ausgiebig durch die Nachbarschaft. Dann kehrte ich heim, um auf dem Sofa zu ruhen. Um zwölf –kuckkuck-kuckkuck!– taumelten Silke und Karin aus den Federn. Karin stellte sich gleich unter die Dusche, Silke wankte in die Küche und machte sich an der Kaffeemaschine zu schaffen. Das Telefon klingelte. Ich hörte ein Schimpfwort aus der Küche, dann: »Ach was. Wozu gibt's Anrufbeantworter.«

Der schaltete sich denn auch ein, und ich vernahm Anjas Stimme: »Hi, Schnucki. Ich bin's. Ich will unter keinen Umständen stören, könnte ja sein, daß du gerade schwer beschäftigt bist. Mit deinem Kater, haha, zum Beispiel! Ruf mich mal an, wenn du – hüstel, hüstel, kicherkicher – *allein* bist! Ciao!«

»Herzlose, sensationsgeile Kuh!« giftete Silke.

Kaum hatte Anja aufgelegt, war Iris an der Strippe: »Hallohallo, Silke. Ich bin's! Kann's gar nicht erwarten, dein liebes Stimmchen zu hören und über – kicherkicher – du weißt schon wen – ist er noch da? – zu plaudern! Bis ba-hald! Küßchen auch für TomTom! Tschüsi!«

»Taktloses, widerliches Weib!« zeterte Silke in der Küche und klapperte laut mit dem Geschirr. So bekam sie nicht mit, daß der Apparat zum dritten Mal schrillte und eine männliche Stimme sagte: »Morgen Silke, morgen Karin. Ich, äh, nehme mal an, daß du bei Silke übernachtet hast ... War ja schon spät, ich meine früh ... Also, hier ist Tom. Und äh, Ingo. Ingo, sag mal was ...«

»Mojnmojn. Hier ist Ingo ...«, nuschelte Ingo.

Just als Tom sich wieder zu Wort meldete, kam Silke mit der Kaffeekanne in der Hand ins Wohnzimmer. Sie lauschte mit fassungslosem Gesicht, als Tom sagte: »Äh, ich und Ingo, wir wollten nur sagen ... also wenn ihr wach seid ... guckt doch mal vor der Wohnungstür nach. Und ... wär wirklich toll, wenn wir Freunde sein könnten.« Klick.

Worauf Silke so laut »Karin!« brüllte, als sei eine Rotte Wildschweine hinter ihr her, und zur Tür hetzte. Karin, in ein großes Badetuch gewickelt und mit nassen Haaren, kam aus dem Bad geschossen und sah sich suchend um.

»Silke?« rief sie ängstlich. »Ist was passiert? Wo steckst du denn?«

Silke kam an. Sie trug eine große Schachtel. Darauf thronte ein riesiger bunter Blumenstrauß.

»Boah!« machte Karin. »Hast du einen Verehrer, von dem ich nichts weiß?«

Silke grinste von einem Ohr zum anderen.

Schlußbemerkung:

In der Schachtel befanden sich zwei Kleider. Eins in Rot in Größe achtunddreißig (für Silke), eins in Schwarz, Größe sechsunddreißig (für Karin). Es handelte sich um sehr kurze Textilien, die hinten und vorne eine Menge Haut freiließen. Silke wollte gleich noch Karins Kleid einkassieren, aber sehr zu meinem Erstaunen wehrte die sich vehement. Fingerzeige des Schicksals (und um solche mußte es sich bei den Klamotten handeln) müßten ernstgenommen werden, behauptete sie. Es sei offenkundig an der Zeit, daß sie einem kostbaren Inhalt auch einmal eine angemessene Verpackung gönne. Worauf Silke ihr einen giftigen Blick zuwarf und meinte, daß Karin nun doch wirklich sehr attraktiv und originell wirke in ihren Jeans und T-Shirts mit den witzigen Aufdrucken. Karin lächelte, ließ ihr Badetuch fallen und stieg in das schwarze Kleid. Silke warf ihr Nachthemd von sich und stieg in das rote Kleid. Dann standen sie vor dem großen Spiegel im Flur.

»Wow!« hauchte Silke.

»Wow!« Karin pfiff durch die Zähne.

»Wuff!« machte Eduard, der neben Karin saß und mit dem Hinterteil wackelte.

Raschelraschel, machte Nemo, der in der leeren, mit Seidenpapier ausgeschlagenen Schachtel herumturnte.

7

Am nächsten Samstag wollten Silke und Karin ihre neuen Kleider ausführen. Geplant war, sich im »Sunset« mit Anja zu treffen (Iris konnte nicht, weil ihr Vater seinen sechzigsten Geburtstag feierte). Später wollte man gemeinsam in die »Linse« und von da in die Disco. Freitagabend, als Silke gerade ihre Krallen anmalen wollte, klingelte das Telefon. Dran war Anja, die verkündete, daß sie ganz überraschend verhindert sei und deshalb leider morgen nicht mitkommen könne.

»Anja!« rief Silke begeistert aus. »Wer ist denn der Glückliche?«

Worauf Anja zurückgab, daß sie das Schwein nicht schlachten wolle, bevor es gefangen sei. So was bringe Unglück, und deshalb seien ihre Lippen versiegelt. Das brachte Silke eingedenk der Tom-Episode im Nu zum Kochen. »Deine Lippen sind also versiegelt, was? Aber wenn ich ein einziges Mal etwas vorläufig für mich behalten will, ist das unmoralisch, ja?«

Anja zögerte einen Moment, dann sagte sie: »Wenn du damit auf dein Dreisternemenü für die zwei Tunten anspielen willst …«

»Sag nicht Tunten!« fauchte Silke. »Du bist ja bloß neidisch!«

Anja schnaubte. »Neidisch? Ich? Auf die Romanze des Jahres etwa?«

»Auf unsre tollen Kleider!« trumpfte Silke auf.

Anja fing an zu lachen. »Ach, Schnucki. Wenn ich das Spiel gewinne, kann ich mir zehn TomTom-True-Fummel kaufen. Pro Jahr, versteht sich.«

Silke platzte fast vor Neugier. »Oh, du bist so gemein! Sag mir jetzt auf der Stelle, was bei dir läuft, sonst red ich nie wieder ein Wort mit dir!«

Anja seufzte voller Bedauern. »Ich würd ja gern. Ehrlich. Aber mir sind die Hände gebunden.«

»Lippen versiegelt, Hände gebunden!« keifte Silke. »Ja sind wir hier im Krimi, oder was?«

»Du … ich muß jetzt wirklich Schluß machen«, gab Anja zurück. »Ich hab noch eine Menge zu tun, bevor … also, tschüsi. Und viel Spaß morgen. Übrigens … versuch erst gar nicht, Iris oder Karin auszuquetschen. Die wissen genausoviel wie du.«

»Aha! Mich hast du also zuletzt angerufen! Da sieht man's mal wieder!« sagte Silke beleidigt.

Anja stöhnte. »Das nächste Mal telefoniere ich nach Alphabet rum, okay?«

Silke leierte herunter: »e, f, g, h, i – Iris! j, k – Karin! Bin ich ja wieder zuletzt dran!«

»Schicksal«, bemerkte Anja nur und hängte ein.

Mit finsterer Miene drückte Silke die grüne Taste und legte das Telefon auf den Couchtisch. Eine rotgestromte, haarige Pfote schoß darunter hervor und angelte nach dem Apparat. Silke mußte lächeln. Ich meldete mich mal ganz dezent zu Wort. Schließlich war ich auch noch da, zusammengerollt auf meiner Sofadecke. Eine Hand streckte sich nach mir aus, zuckte aber mitten in der Bewegung zurück. Schnappte das Telefon aus Nemos Reichweite und tippte eine Nummer ein. Der automatische Anrufbeantworter verkündete, daß Iris im Augenblick nicht daheim sei, aber gern zurückrufe, wenn man ihr eine Nummer hinterließe. Worauf Silke verzichtete und eine zweite Nummer eintippte. In einem halbstündigen Gespräch fanden Karin und Silke sodann heraus, daß sie beide tatsächlich keine Ahnung hatten, mit wem Anja verabredet war. Sie kamen auch überein, daß es völlig untypisch für sie sei, sich so zugeknöpft zu zeigen.

»Ob sie in der Klemme steckt?« mutmaßte Silke.

»Schwanger, meinst du?« trompetete Karin entsetzt aus dem Hörer.

»Hm. Vielleicht fährt sie nach Holland?!«

»Ach was«, sagte Karin. »Nie im Leben. Nicht, ohne uns mitzunehmen.«

»Auch wieder wahr.«

Nach weiteren Spekulationen, die sich nun endlich auf Anjas vage Andeutungen bezogen (Spiel gewinnen – zehn TomTom-True-Fummel pro Jahr = Spielbank? Schwein nicht schlachten, bevor es gefangen ist? = Millionenschwerer Bankräuber auf der Flucht – Anja hat ihn am Schlafittchen und will 100 000 Mark Belohnung kassieren?), gähnte Karin. »Hat keinen Sinn, sich deswegen einen Kopf zu machen. Sie wird's uns schon erzählen, wenn sie uns lange genug hat zappeln lassen. Jetzt gehen wir erst mal schön ins Bett. Damit wir morgen fit sind für unsren großen Auftritt.«

Worauf sich noch ein längerer Austausch über Discos im allgemeinen und das »Inferno« im besonderen anschloß, bevor Silke endlich die grüne Taste drückte.

Eine Disco ist ein Ort, wo Menschen spätnachts zu den Klängen ohrenbetäubender Musik in wilde Zuckungen verfallen (tanzen nennt man das) und alkoholische Getränke zu sich nehmen. Es ist übrigens so, daß tanzen und trinken reine Tarnung sind. Ein Besuch in der Disco dient in Wirklichkeit einzig und allein der Paarbildung. Wie ich Silkes und Karins Äußerungen entnehmen konnte, gibt es so etwas wie den idealen Discoabend. Leider war er den beiden bis jetzt noch nicht vergönnt gewesen, was ihrer Meinung nach definitiv daran gelegen hat, daß sie noch nicht im Besitz eines Kleides von TomTom True waren. Der ideale Discoabend würde sich ungefähr folgendermaßen gestalten: Silke und Karin, in ihrer neuen roten beziehungsweise schwarzen Pracht, assistiert von ein Paar Pfund Schminke und Schmuck und schwindelerregend hohen Absätzen, rauschen nach ein, zwei Sektchen im »Sunset« und der »Linse« ab ins »Inferno«, die In-Disco der Stadt.

Die beiden tasten sich erst mal vor bis zur Bar, worauf sofort zwei umwerfend toll aussehende Kerle auf sie zustürzen und ihnen einen »Paradise Dream« zu achtzehn Mark pro Nase ausgeben. Daß die Typen umwerfend toll sind, erkennen Silke und Karin in der Hauptsache kraft ihrer weiblichen Intuition. Dazu sind sie gezwungen, weil das »Inferno« eine finstere Höhle ist, die nur von zuckenden weißen Lichtblitzen erhellt wird. Das hat – übrigens haben auch Anja und Iris davon schon ein Liedchen gesungen – schon böse Überraschungen im Schein der Sonne nach sich gezogen, weshalb das »Sunset« und die »Linse« wegen der besseren Beleuchtung als Jagdgründe wesentlich beliebter sind. In einem Kleid von TomTom True ist man natürlich gegen optische Täuschungen gefeit. Und wir erläutern ja sowieso den Idealfall. Also: Mittels Zeichensprache (wegen der lauten Musik) führen Silke und Karin über ihren Drinks ein tiefsinniges Gespräch mit ihren umwerfend tollen Kerlen, in dem eindeutig zutage tritt, daß man füreinander geschaffen ist. Die Sternzeichen passen zueinander, Punkt eins. Punkt zwei, geheiratet wird in einer kleinen, romantischen Kirche auf dem Land, ganz in weiß und mit einem Rosenstrauß. Nachdem das geklärt ist, geht's ab auf die Tanzfläche. Irgendwann im Morgengrauen fahren die angehenden Ehemänner ihre Bräute dann nach Hause. Auch im fahlen Licht der aufgehenden Sonne verursachen sie noch Herzrasen und Ohrensausen. Erste Worte werden gewechselt: »Ich liebe dich«, hauchen die Kerle, und Silke und Karin hauchen zurück: »Ich dich auch … für immer und ewig.«

Wie gut, daß Felis silvestris catus auf solche Rituale zur Arterhaltung nicht angewiesen ist. Sonst wäre die Spezies längst ausgestorben.

Der Läufer war nicht gekommen an diesem Sonntagmorgen. Ich hockte unter dem Forsythienbusch und überlegte gerade, ob ich einen Ausflug zu Nachbars Schuppen machen sollte, wo ich letztens ein Nest fetter Feldmäuse ausgehoben hatte (man weiß ja: wo eins ist, sind noch mehr), oder lieber noch ein Ründchen auf dem Sofa schlummern sollte, als ein roter Sportwagen mit offenem Verdeck angebraust kam. Auf dem Beifahrersitz erkannte ich Silke, die vergeblich versuchte, ihr im Fahrtwind wehendes blondes Haar mit den Händen zu bändigen. Daneben flatterte ebenfalls eine blonde Mähne. Ich reckte den Hals. Es konnte sich bei dem Fahrer doch wohl nicht um … Doch, er war's. Am Steuer des roten Sportwagens saß Tom. Nanu! Wollte Tom jetzt Silke heiraten, in einer kleinen romantischen Kirche auf dem Land, mit einem Rosenstrauß in der Hand? Der Wagen bremste vorm Haus. Silke beugte sich zu Tom und küßte ihn auf die Wange. Jetzt konnte ich hinter ihr, eingeklemmt wie eine Sardine in der Büchse, noch eine Gestalt ausmachen: wuschelige braune Haare, ein Lächeln, das vorstehende Zähne enthüllte – Ingo.

Tom drückte Silke kurz an sich. Silke wandte sich nach hinten, pflanzte einen Kuß auf Ingos Wange. Dann stieg sie aus, winkte noch einmal und strebte auf den Hauseingang zu. Barfuß. Ihre Schuhe mit den schwindelerregend hohen Absätzen trug sie in einer Hand. Ingo kletterte nach vorn auf den Beifahrersitz. Er und Tom winkten Silke noch einmal zu, dann brauste der Wagen davon.

Ich dachte kurz und scharf nach. Nemo, der bereits seit einer Stunde hungrig durch die Wohnung geisterte, würde Silke einen herzlichen Empfang bereiten. Das bedeutete: Frühstück. Und zwar ein Frühstück, das nicht weghuschen konnte!

Schwupp, war ich durch die Katzentür gehechtet und saß neben Nemo im Flur, als aufgeschlossen wurde.

Silke tätschelte uns geistesabwesend und servierte

Thunfischragout in feiner Jelly. Sie stürzte im Stehen eine halbe Flasche Mineralwasser hinunter, streifte das rote Kleid ab, ließ es achtlos auf den Wohnzimmerboden fallen, neben ihre Schuhe. Dann ging sie ins Schlafzimmer und machte schnell die Tür hinter sich zu. Vor unserer Nase! Nemo und ich tauschten einen Blick. Ich hätte beinahe schwören können, daß in den Proletenaugen so etwas wie Intelligenz aufflackerte. Aber ich mußte mich getäuscht haben. Nie hatte es je das geringste Anzeichen gegeben, daß ihn außer fressen, schlafen, spielen und sch … ehm, im Katzenklo rumscharren irgend etwas von dem interessierte, was in der Welt vor sich ging.

Lebensmüde schien er aber zu sein. Als ich jetzt der Schlafzimmertür den Rücken zuwandte und Richtung Sofa spazierte, trappelte er steifbeinig, mit aufgeplustertem Schwanz hinter mir her. Dachte wohl, ich würde ihn nicht sehen. Pah! Er setzte zum Sprung an. Seine Pfote berührte meinen Schwanz, noch ehe ich herumwirbeln und ihn anfauchen konnte. Seit wann war er so schnell? Ich spuckte vor gerechtem Zorn und brummte tief in der Kehle. Wusch, war er unter dem Eßtisch verschwunden. Sein Glück.

Aber diese kleine Episode gab mir zu denken. Da hatte ich ihm (zu seinem eigenen Besten!) Manieren beigebracht. Er wußte, wo er die Nacht verbringen durfte: am Fußende des Betts. Er wußte, wer zuerst speiste: Puschkin. Er wußte, wem man nicht zu nahe kommen durfte: Puschkin. Er wußte, wer klüger, schneller, stärker, größer und schöner war: Puschkin. Kurzum, er hatte kapiert, wer der Boß war: Puschkin. Litt er an Gedächtnisschwund, und das in seinem zarten Alter? Oder wollte er etwa Ärger haben?!

Silke schlief bis zum Mittag. Dann setzte sie Kaffee auf und verschwand im Badezimmer. Den Kaffee (eine ganze Kanne voll) trank sie am Eßtisch und aß dazu zwei Bananen. Daran war nichts Ungewöhnliches. Ungewöhnlich war jedoch ihre Aufmachung. Nicht ein Klecks Farbe zierte ihr Gesicht. Die langen blonden Haare waren straff mit einem Gummiband zurückgebunden. Sie trug alte Jeans und ein orangefarbenes T-Shirt mit einem Aufdruck, den ich leider nicht entziffern konnte, weil Silke sich nie die Mühe gemacht hat, mich in die Kunst des Lesens einzuweihen. Silke. Sie hing über ihrem Kaffeebecher und starrte trübsinnig hinein. O weh, o weh, eine Sinnkrise. Ich wartete darauf, daß sie sich das Telefon schnappen und Karin, Anja, Iris alarmieren würde, aber nichts da. Sie hockte einfach nur da. Nemo, der auf ihren Schoß und von dort auf den Tisch geklettert war, um mit den Bananenschalen zu spielen, ignorierte sie völlig. Ich seufzte in mich hinein, sprang vom Sofa und schlenderte zum Tisch. Setzte mich neben Silkes Stuhl und erkundigte mich nach ihrem Befinden. Keine Reaktion. Ich stellte mich auf die Hinterbeine, legte die Vorderpfoten auf Silkes Knie und fragte: »Silke? Lebst du noch?«

Solche hündischen Faxen wie Männchen machen widerstreben mir ja zutiefst, aber Silke wirkte so niedergedrückt, daß ich anfing, mir Sorgen zu machen. Was, wenn sie nun bis in alle Ewigkeit stumm dasitzen würde, unfähig, einen Dosenöffner zu bedienen?

»Ach, Puschkin ...«, murmelte Silke endlich in ihren Becher. »Wenn ich dich nicht hätte ...«

Na also. Das war doch schon mal ein guter Anfang. Ich sprang auf ihren Schoß und wollte mich gerade zusammenrollen, als ein roter Blitz von oben angeschossen kam, erst auf meinem Rücken und dann auf dem Boden landete. Das war zuviel. Wenn Silke mich nicht festgehalten hätte, ich schwöre, ich hätte den roten Teufel in der Luft zerrissen.

»Schsch, Puschkin«, flüsterte Silke in mein Ohr. »Laß dich doch nicht ärgern von dieser halben Portion!« Sie streichelte mich und drückte mich an sich. Ich hielt still. Was tut man nicht alles, wenn Silke die Krise hat.

Es klingelte. Silke rührte sich nicht. Es klingelte wieder. Und wieder. Silke stöhnte, setzte mich auf dem Boden ab und ging zur Tür. Ich folgte ihr auf dem Fuße. Draußen stand Karin. Neben ihr, den Kopf an ihr Bein gepreßt, hockte Eduard. Die rosa Zunge hing ihm seitlich aus dem Maul, was ihn noch dümmlicher wirken ließ als sonst. Und das wollte was heißen.

»Ach, du bist's«, sagte Silke zur Begrüßung.

Karin grinste und beäugte die Schrift auf Silkes T-Shirt: »›Jeder Popel fährt 'nen Opel‹«, las sie begeistert vor. »He, das hab ich dir doch letztes Jahr zum Geburtstag geschenkt!«

Silke sah an sich herunter und schauderte. »O Gott. Tatsächlich. Das kommt davon, wenn man in die hinterste Schrankecke greift und blind irgendwas rauszieht ... Was machst du überhaupt hier? Ich hab gedacht, du liegst mit Marco in der Kiste.«

»Tss, tss«, machte Karin und drängelte sich an uns

vorbei in die Wohnung. Silke versetzte der armen Tür einen Tritt, daß sie ins Schloß knallte, und ging zurück ins Wohnzimmer. Karin saß schon da und trank Kaffee aus Silkes Becher. Eduard hatte sich unter dem Tisch verkrochen.

»Du siehst blaß aus, Schnucki«, sagte Karin. »Blaß und elend. Bist du verkatert?«

Silke ließ sich auf einen Stuhl fallen. »Nö«, murmelte sie düster. »Bloß deprimiert.«

Karin schüttelte den Kopf und schnalzte mißbilligend mit der Zunge. »Da bist du der Star des Abends. Im »Sunset« prügeln sich zwei nicht unansehnliche Kerle darum, dir einen Champagnercocktail auszugeben. Nicht, daß ich mich beschweren will, der Typ mit den Spanielaugen war nicht übel, wir haben uns ganz nett über seine Harley unterhalten. Na, egal. Du bist also der Star in deinem TomTom-True-Gewand ...«

»Du hast auch toll ausgesehen«, unterbrach Silke.

»Stimmt«, sagte Karin fröhlich. »Aber gegen lange blonde Haare komm ich nicht an, was daran liegt, daß Männer besser sehen als denken können. Es war *dein* Abend, ganz klar ...«

Silke schnaubte. »Pah. Von wegen! Du hast mit dem Spaniel rumgeturtelt und überhaupt nichts mitgekriegt, das ist alles! Sag ich zu dem rothaarigen Typ mit dem Schnurrbart – Schnurrbärte find ich ja nicht unerotisch –: ›Klar, gern trink ich mit dir einen Champagnercocktail.‹ Teile dem anderen mit, dem mit den schwarzen Locken – find ich ja auch nicht unerotisch, schwarze Locken –, daß ich ja bloß einen Cocktail auf einmal trinken kann, der Abend aber noch jung ist, da zeigt er mir den Stinkefinger, sagt: ›Du kannst mich mal‹, und düst rüber zu so 'ner aufgebrezelten Schwarzhaarigen im nachtblauen Glitzerschlauch. Schwuppdiwupp hält die Tussi ein Glas in der Hand und lächelt mit sämtlichen Pferdezähnen. Na, denk ich, das Lächeln wird ihr noch vergehen, so wie ich den Typ einschätze …«

»In der Tat«, warf Karin ein. »Sie hat ihm eine gescheuert, als er ihr unter den Rock gegriffen hat. Siehst du, ich hab wohl was mitgekriegt!«

Silke, deren Depression für den Moment vergessen schien, nickte mit funkelnden Augen. »Wow. Das hat geknallt! War der Höhepunkt des Abends! Von da an ging's nur noch bergab.«

Karin goß sich Kaffee nach und schüttelte den Kopf. »Ist mir zu hoch. Da umflattern sie dich wie Motten das Licht, und du …«

»Ach«, stieß Silke hervor, und ihre Augen füllten sich mit Tränen. »Alles bloß Schmeißfliegen. Ich kam mir vor wie ein Kuhfladen, das kannst du mir glauben!«

»Hey«, sagte Karin und zog ein Papiertaschentuch aus ihrer Jeanstasche und reichte es Silke. Silke tupfte sich über die Augen und putzte sich die Nase. Dann grinste sie schief. »Wo war ich stehengeblieben?«

»Bei dem Rothaarigen mit dem Schnurrbart«, assistierte Karin.

Silke nickte. »Wir stoßen an und trinken. Sagt er: ›Ich heiß Volker. Und du?‹ ›Silke‹, sag ich. Guckt er mich von oben bis unten an, grinst und meint: ›Nicht Uschi?‹

›Uschi? Wieso Uschi?‹

›Na, wie die knackige Blondine in ›Manta Manta‹, die Friseuse.‹

Haha, denk ich, Witz komm raus, du bist umzingelt. Ich lächle süßsauer und erläutere, daß ich Sekretärin bin, im Schreibpool bei »Ibupharma«.

›Großer Laden‹, meint er respektvoll. Er wär Bürokaufmann, zur Zeit leider arbeitslos, die Firma, bei der er angestellt gewesen wäre, hätte letzten Monat pleite gemacht. Ob »Ibupharma« vielleicht Leute suchen würde?

Sag ich: ›Frag doch mal bei der Personalabteilung nach.‹ Kneift er ein Auge zu und erkundigt sich, ob ich mich nicht beim Personalchef persönlich für ihn verwenden könnte. So wie ich aussähe, wär das doch kein Problem für mich …

Frag ich, wie er das denn meint?

Da glotzt er auf meinen Busen und säuselt: ›Na, wenn du das nicht weißt …‹

›Nee, weiß ich wirklich nicht‹, gebe ich ganz unschuldig zurück.

Seufzt er abgrundtief. Grinst frech und sagt: ›He, Silke. Was ist der Unterschied zwischen einer schlauen Blondine und einem Yeti?‹

›Yeti, Yeti‹, murmel ich, ›das ist doch dieser komische Schneemensch im Himalaja …‹

›Genau!‹ gibt er zurück, so als wär ich im ersten Schuljahr und hätte grad zwei und eins zusammengezählt.

Wenn ich ja eins liebe, dann sind's diese neunmalschlauen Kerle mit ihren Blondinenwitzen.

Sag ich patzig: ›Keine Ahnung, was der Unterschied sein soll zwischen 'nem zotteligen Schneemenschen und 'ner Blondine. Sticht einem ja nicht ins Auge, oder?‹

Grinst er noch breiter, Banane quer, also echt, und

erklärt genüßlich: ›Einer *schlauen* Blondine! Also: Ein *Yeti* ist schon mal gesichtet worden.‹

Kontere ich zuckersüß: ›Was haben eine Flasche Selters und ein rothaariger Kerl gemeinsam?‹

Zuckt er immer noch grinsend die Schultern.

›Ein Vakuum vom Hals aufwärts‹, sag ich und muß so lachen, daß ich mich am letzten Schluck Champagnercocktail verschlucke. Als ich aufhöre zu husten, ist der Typ verschwunden.«

Karin lachte, bis ihr die Tränen die Wangen herunterliefen. Silke kicherte und schien fast wieder die alte zu sein, bis auf die fehlende Farbe im Gesicht und das T-Shirt natürlich, von der Frisur ganz zu schweigen.

»Mann, o Mann!« japste Karin schließlich. »Dem hast du's aber gegeben!«

»Gut, was?« sagte Silke stolz.

»Spitze!« bestätigte Karin und wollte sich Kaffee nachgießen. Die Kanne erwies sich als leer. Karin schüttelte sie und hielt sie ans Ohr.

»Okay, okay«, meinte Silke. »Ich koch neuen.« Sie stand auf.

»Ich hab übrigens noch nicht gefrühstückt«, kam es taktvoll von Karin.

»Rühreier?« fragte Silke.

Karin nickte strahlend und folgte ihrer Freundin in die Küche. Ich spazierte zum Sofa. Auf der Decke lag eine rote Pelzkugel. Meine Chance! Hops, begrub ich Nemo unter mir. Er quiekte, fauchte, zappelte, wühlte sich unter mir hervor und zischte unter den Eßtisch. Dort gab es eine kurze Diskussion: Knurr, fauch, spuck, kläff. Dann raste Nemo mit gesträubtem Fell Richtung

Schlafzimmer. Eduard streckte den Kopf unter dem Tisch hervor, blinzelte überrascht, schüttelte sich und verschwand wieder. Zu schade, daß er kein auf rote Kater abgerichteter Bluthund war.

Silke und Karin vertilgten schweigend eine Riesenportion Rühreier mit Speck (lecker! So ein Pech für Eduard, daß er nicht neben Silke sitzen durfte! Und so ein Pech für Nemo, daß er im Schlafzimmer schmollte!) und tranken sich durch eine zweite Kanne Kaffee. Dann köpfte Silke eine Flasche Sekt. Den habe sie jetzt nötig, verkündete sie. Nach dem Fiasko gestern habe sie nämlich einen Entschluß von enormer Tragweite getroffen: Sie würde nicht mehr nach dem Hauptgewinn unter tausend Nieten suchen.

»Ja, willst du ins Kloster gehen, oder was?« fragte Karin ungläubig.

Worauf Silke erläuterte, daß es so was wie Schicksal gebe. Und ihr sei es offenbar vom Schicksal bestimmt, solo zu bleiben. Sie habe es total satt, sich aufzutakeln wie ein Weihnachtsbaum, um sich im »Sunset«, der »Linse« oder im »Inferno« auf den Markt zu werfen. Das sei sinnlos, enttäuschend, demütigend und unfeministisch. Es gebe Wichtigeres als Kerle. Gute Bücher und Filme zum Beispiel, Sport, gesunde Ernährung, Fortbildung im Beruf. Vielleicht ein ehrenamtlicher Job im Tierheim oder so. Ab heute werde sie ungeschminkt und schlicht gekleidet durchs Leben gehen und keinen Finger, wirklich keinen Finger, dafür rühren, sich einen Typ zu angeln. Wenn sich per Zufall ein Prinz mit einem Strauß roter Rosen zu ihrer Wohnungstür verirren würde, okay. Vielleicht würde sie die Sache dann noch mal überdenken. Aber nur, wenn es unsterbliche Liebe auf den ersten Blick sei. Der berühmte Blitz aus heiterem Himmel, den sie nur vom Hörensagen kannte, da sie sich immer auf Symptome wie Herzrasen und Ohrensausen verlassen hatte. Dabei seien das doch bloß Begleiterscheinungen einer vorübergehenden gefühlsmäßigen Unpäßlichkeit gewesen.

»Ja, aber, Mensch … du hattest gestern doch an jedem Finger zehn!« platzte Karin heraus und stürzte ihren Sekt in einem Zug herunter.

»Wie sagt Anja immer so schön: Masse ist nicht gleich Klasse«, sagte Silke weise. »Das hab ich jetzt endgültig kapiert.«

Karin riß Augen und Mund vor Staunen auf. Silke seufzte. »In der »Linse«, der Typ mit dem Halstuch …«

»Ja? Der sah doch ganz süß aus …«

»Hm. Das erste, was er von sich gab, war: ›Ich bin der Rainer. Trinken wir einen Sekt zusammen?‹ Das zweite war: ›Puh, ganz schön voll hier. Und heiß. Sollen wir zu dir gehen? Gummis hab ich dabei.‹«

»Na ja«, seufzte Karin. »Hab ich nicht mitgekriegt. Hab mich mit ein paar Jungs aus dem Baumarkt unterhalten, die kenn ich noch von früher.«

»Im »Inferno««, fuhr Silke fort, »hast du an der Bar diesen Marco getroffen, der bei euch in der Werkstatt arbeitet …«

Karins Augen leuchteten auf. »Ja, du! Hätte ich ja nie gedacht, daß der in Discos geht. Und tanzen kann der! Das hätte ich noch viel weniger erwartet.«

»Jedenfalls«, unterbrach Silke säuerlich, »wart ihr sofort verschwunden und seid auf der Tanzfläche rumgehopst. Keinen Blick hast du mehr an mich verschwendet.«

»Es war so dunkel«, verteidigte sich Karin.

»Nicht dunkel genug«, seufzte Silke. »Sonst hätte ich mir nicht diese Mega-Niete ausgucken können. Er war groß, schlank und hatte dunkle Haare, was man von seinem Gesicht erkennen konnte, schien okay. Er gibt mir einen Cocktail aus und brüllt mir zu, daß er Wolfgang heißt. ›Silke‹, brüll ich zurück.

Er wär Skorpion. Und ich?

›Fisch!‹ kreisch ich und denke, daß das gut zusammenpaßt, weil es beides Wasserzeichen sind.

Er schreit in mein Ohr, daß er eigentlich nie in Discos ginge, wär ihm zu fad und öd. Er wär ja kein Aufreißer, er wolle Tiefgang in einer Beziehung und absolute Offenheit. Ich strahle ihn an, was ihm gottlob als Antwort reichte, sonst wär ich heute heiser. Wir tanzen. Röhrt er, er würde sich unheimlich gern irgendwo in Ruhe mit mir unterhalten. Ob wir nicht ins »Pink Panther« gehen wollten. ›Okay‹, röhre ich zurück, restlos begeistert. Ich hatte schon ein bißchen Herzrasen und Ohrensausen.«

»Hm«, machte Karin skeptisch. »Das »Pink Panther« ist aber eine Schwulenbar.«

»Weiß ich«, winkte Silke ab.

»Aber ich hatte meinen Typen doch dabei, verstehst du?«

Karin nickte. Silke trank einen Schluck Sekt.

»Wir sind zu Fuß hingegangen, ist ja nicht weit. Im Schein der Straßenlaternen hat mir sein Gesicht immer noch gefallen. In der Bar war ziemlich viel los. Ich erblicke trotzdem gleich Tom und Ingo am Tresen, die stürzen auf mich zu, wir geben uns einen Kuß. Ach, die sind so lieb.«

»Ja, stimmt«, sagte Karin leise.

»Na ja. Der Typ und ich setzen uns an den letzten freien Tisch. Es ist plüschgemütlich in dem Laden, und sie spielen ausschließlich französische Chansons. Meine Trommelfelle entspannen sich spürbar. Er bestellt Champagnercocktails. Kaum stehen die Drinks auf dem Tisch, legt er los. Er stehe auf Blondinen, Feuer unter Eis, wenn ich verstünde, was er meine … Ja, und Offenheit wär ihm wie gesagt unheimlich wichtig in einer Beziehung, so daß man sich gegenseitig seine geheimsten sexuellen Wünsche mitteilen könne … zum Beispiel Kaviar, Sekt, S/M … wenn ich verstünde, was er meine?

Ich schüttel den Kopf, dann nicke ich, war mehr so ein Reflex.

Da strahlt er auf, rückt näher ran, nimmt meine Hand, fragt mich, ob ich ›9 ½ Wochen‹ gesehen hätte.

›Nö‹, sag ich, ›so 'nen Schweinkram guck ich mir nicht an.‹

Seufzt er à la Lustmolch: ›Kleiner Fisch, soll ich dir den Hintern versohlen?‹

Da denk ich, der Typ ist krank. Und wie! Wie komm ich hier am schnellsten ungeschoren raus? Ich stehe auf und murmle, daß ich mal für kleine Mädchen müßte. Was gelogen war, denn ich wollte mich bloß heimlich verdrücken.

Er strahlt auf, so richtig gierig und sagt: ›Wow! So schnell! Ich komm mit!‹

Ja, spinnt der, denk ich, der kann doch nicht mit aufs

Damenklo. Da grabscht er mir an den Busen. Ich will ihm eine knallen, da hält er meine Hand fest. Stöhnt: ›Das willst du also! Oh, bist du gut!‹

Da schreie ich. Laut. Alle gucken zu uns rüber. Ich tret dem Kerl vors Schienbein. Feste. Er zuckt nicht mit der Wimper. Plötzlich stehen Tom und Ingo neben mir. Tom nimmt mein Glas vom Tisch und schüttet es dem Irren über die Birne. Sagt ganz cool: ›Und jetzt hau ab.‹

Der Irre schüttelt sich wie Eduard, wenn er im Ententeich geschwommen ist. Dann holt er ’nen Fuffi aus der Hosentasche, knallt ihn auf den Tisch und zieht Leine. Ich fang an zu heulen. Ingo legt den Arm um mich, Tom reicht mir eins von seinen blütenweißen Taschentüchern. Und dann sind wir zu Tom gegangen. Ich hab ihm und Ingo alles erzählt. Daß ich unglücklich bin, weil ich machen kann, was ich will, und doch bloß immer an die Nieten gerate. Und dabei sehn ich mich doch bloß nach einem Mann, der mich liebhat und den ich auch liebhaben kann. Einen, der Katzen mag und Kinder. Mit dem man über alles reden kann, der zu mir hält, egal was passiert … Ich sag, daß ich einfach keine Lust hab, noch 873 Kerle durchzuprobieren. Daß es ein Elend ist mit der Statistik und daß es dir, Anja und Iris auch nicht besser geht. Aber allen anderen aus unserer ehemaligen Klasse, was einfach ungerecht und unmathematisch ist.

Ich hab wohl ziemlich viel wirres Zeug geschwätzt, aber Tom und Ingo haben mich reden lassen. Irgendwann bin ich dann auf dem Sessel eingeschlafen. Kurz vor sechs bin ich aufgewacht. Tom und Ingo saßen aneinandergekuschelt auf dem Sofa. Ingo hat Tom so innig angeschaut und ihm sachte übers Haar gestrichen, immer wieder. Und Tom … sein ganzes Herz lag in seinen Augen, als er sich dann rüberbeugte und Ingo küßte, ganz zart. Und da hab ich gedacht: Das ist Liebe. Und: Wenn sie mich finden sollte, die Liebe, in Ordnung. Wenn nicht, Schicksal. Ich durchwühle jedenfalls keinen einzigen Misthaufen mehr nach Gold!«

»Hmmm«, machte Karin und nippte an ihrem Sekt. »Wenn man Handschuhe anzieht, macht's doch auch Spaß, das Wühlen. Aber jedem das Seine. Ich wünsch dir jedenfalls viel Glück.«

»Ich mir auch«, gab Silke düster zurück und leerte ihr Glas in einem Zug. Dann fiel ihr etwas ein. »Sag mal, Karin …«

»Ja?«

»Was ist denn nun eigentlich mit dir und diesem Marco?«

Karin riß überrascht die Augen auf. »Mit Marco? Und mir? Was soll da schon groß sein?«

»Genau das will ich ja von dir wissen«, gab Silke geduldig zurück.

Karin grinste. »Okay, Frau Kommissar. Wir haben getanzt. Bis um halb zwei. Dann sind wir zu mir gegangen, haben geklönt, Kaffee getrunken und Plätzchen gegessen. Ich hab ihm meine Matchboxautos gezeigt, er sammelt auch, ist das nicht witzig?«

»Die Autos stehen im Schlafzimmer«, erinnerte Silke.

Karin lachte. »Wir haben sogar zusammen auf dem Bett gelegen, stell dir vor, und sind Rennen gefahren. Aber passiert ist gar nix. So gegen drei ist er dann heimgefahren.«

»Hm«, machte Silke. »Wer's glaubt, wird selig.«

Karin grinste von einem Ohr zum anderen. »Mensch, Silke! Marco ist ein Kollege. Ein Kumpel, mehr nicht.«

Silke guckte zweifelnd drein und schlug vor, daß man auf die Terrasse umsiedeln solle, um ein bißchen Sonne zu tanken. Karin hielt das für eine gute Idee und fügte so ganz nebenbei hinzu, daß Marco und sie nächstens mal an seinem Auto rumbasteln wollten. Er fahre einen alten Mini, der ein bißchen technische Zuwendung vertragen könne.

»So, so«, sagte Silke mit hochgezogenen Augenbrauen. Worauf Karin bemerkte, daß Silke aufgrund ihrer geplanten Enthaltsamkeit wohl jetzt schon unter Verfolgungswahn leide: hinter jedem Busch wittere sie eine Romanze.

»Eher im Motorraum. Von 'nem Mini«, gab Silke zurück.

Karin tippte sich an die Stirn und lachte.

8

Es war angenehm warm draußen. Beileibe nicht heiß, schließlich waren die Tage schon kürzer, und die Blätter fingen an, sich zu verfärben. Trotzdem hatte Silke ihren Bikini angezogen, was Karin mit den Worten kommentierte: »Du wirst dir die Blase erkälten.« »Egal«, gab Silke zurück. »Einmal Sonnenstudio gespart.«

Karin zuckte die Schultern und machte es sich auf einem Gartenstuhl bequem. Silke streckte sich auf der einzigen Liege aus und schloß die Augen. Ich suchte mir ein schönes sonniges Fleckchen am Rand der Terrasse und legte mich hin. Eduard verkroch sich in den Schatten. Frieden war ihm aber nicht vergönnt, da Nemo, der sich in Silkes Gegenwart draußen groß und stark fühlte, sich einen Spaß daraus machte, den Dicken zu ärgern. Er pirschte sich heran, wischte ihm eins mit der Pfote, zog sich blitzschnell zurück. Eduard, der Trottel, ließ sich alles gefallen. Nur als ausgefahrene Krallen seine Nase trafen, knurrte er und schnappte. In die Luft, denn Nemo war längst außer Reichweite. Durch die Büsche hindurch sah ich eine rotgestromte Gestalt auf dem Bürgersteig. Sie trudelte ein Steinchen vor sich her und war so vertieft in diese alberne Beschäftigung, daß sie des riesenhaften Dobermanns, der da angetrabt kam, nicht gewahr wurde. Ich reckte den Hals, damit mir nur ja nichts von dem Drama entging, das sich gleich abspielen würde. Die Bestie würde stutzen (es dauert ja immer ein Weilchen, bis Informationen, die Auge und Nase liefern, in das minderbemittelte Hundehirn vorgedrungen sind und eine Reaktion auslösen), dann unter ohrenbetäubendem Bellen losrasen, um sich auf Nemo zu stürzen, der vor Schreck wie gelähmt sein würde. Im Geiste sah ich schon die gräßlichen Reißzähne blinken, hörte die Kiefer zuschnappen, das Knirschen von Nemos Knochen. Das begeisterte mich so, daß ich meinen Sonnenplatz verließ und unter den Forsythienbusch kroch, um das Schauspiel besser verfolgen zu können. Jetzt hatte der Dobermann die Beute erblickt. Er blieb stehen, sog schnüffelnd die Luft ein. Dann galoppierte er los. Allerdings ohne zu bellen.

»Bodo!« schrie ein dünnes weibliches Stimmchen aus weiter Ferne hinter ihm her. »Bo-do! Bei Fuß!!«

Bodo ignorierte die Stimme. Mit ein paar Sätzen erreichte er Nemo, der stocksteif verharrte, genau wie ich es vorhergesagt hatte. Jetzt würden sich die mächtigen Kiefer um roten Pelz schließen … geduckt schlich ich näher, um jeden Tropfen des Blutbads auszukosten. Bodos Technik war erstaunlich. Er fuhr eine lange rote Zunge aus und leckte. Wollte er den Leckerbissen einspeicheln, ehe er ihn verschlang? Fasziniert rutschte ich noch ein Stückchen näher. Bodo leckte noch einmal, dann hob er den Kopf. Starrte mir geradewegs in die Augen. Knurrte tief in der Kehle. Er knurrte mich an! Mich! Ich fauchte zur Warnung und legte den Rückwärtsgang ein. In Zeitlupe kroch ich nach hinten, ohne ihn aus den Augen zu lassen. Nur ein kleines Stückchen, dachte ich, ein winziger Vorsprung. Dann kann ich Fersengeld geben und mich auf der Pergola in Sicherheit bringen, was mir zugegebenermaßen nicht mehr ganz so leichtfällt wie früher. Und auf der Terrasse sind ja auch Karin und Silke. Silke würde niemals zulassen, daß mich so ein elender Dobermannköter in der Luft zerreißt ... und während ich dies noch dachte, sprang Bodo los. Unter ohrenbetäubendem Bellen. Ein verzweifelter Sprung brachte mich außer Reichweite, aber nur knapp. Ich hatte den Luftzug, den seine zuschnappenden Zähne machten, am Ohr gespürt. Wie ein geölter Blitz rannte ich los. Rannte, wie ich noch nie im Leben gerannt war, benutzte den wie Wackelpudding im Weg herumbibbernden Eduard als Sprungbrett. Ich kam noch nicht mal dazu, die Pergola zu erklettern, so dicht war die Bestie mir auf den Fersen. Hinter mir hörte ich Silkes und Karins Schreie, da war ich schon auf dem Nachbargrundstück. Bodo hinterher. Weit, weit entfernt kreischte das dünne Stimmchen: »Boooo-doooo! Du böser Junge! Komm sofort zurück!«

Er jagte mich durch Ländereien, in die ich mich nie zuvor verirrt hatte. Mein Revier ist ja genau abgesteckt: mein Garten. Nachbars Garten rechts und links. Jetzt hechtete ich über einen unbekannten Jägerzaun, zischte hakenschlagend über einen Rasen, auf dem nicht ein Baum wuchs. Quetschte mich durch eine Hecke, die Bodo mit Leichtigkeit übersprang. Und da erblickte ich die Rettung: einen schönen, großen Kirschbaum mit niedrigen Ästen vor einem Haus mit Terrasse.

Zu spät. Schon als ich ihn sah, wußte ich, daß ich ihn

nie erreichen würde. Felis silvestris catus an sich ist kein Langstreckenläufer. Die Todesangst hatte mir Flügel verliehen, aber jetzt war ich am Ende meiner Kraft. Keine Luft, keine Luft, die Pfoten wollten mich nicht mehr tragen. Wuuuusch. Ein Schlag von hinten. Ich überkugelte mich. Ehe ich mich aufrappeln konnte, schlossen sich mächtige Kiefer um mein Genick. Aus. Vorbei. Ich würde im Magen eines Dobermanns enden.

Da zerriß ein schriller Pfiff die Luft. Und noch einer. Bodo ließ mein Genick fahren. Wieder der Pfiff. Bodo galoppierte davon, in die Richtung, aus der wir gekommen waren. Ich blieb liegen. Selbst wenn sich in dieser Minute ein ganzes Rudel Dobermänner auf mich gestürzt hätte, ich hätte keine Pfote mehr rühren können. Menschliche Füße trampelten im Laufschritt über den Rasen auf mich zu. Selbst in meiner geschwächten Verfassung erkannte ich den Schritt. Und auch die Stimme, die ängstlich rief: »Dicker! Ach, Dicker, du bist's!«

Wer denn sonst, Läufer, hmmm? Und ich freue mich, dich zu sehen. Aber ich wünschte, du würdest aufhören, mich Dicker zu nennen. Ich bin groß und stattlich. Nicht dick. Eduard ist dick. Eduard ist ein feiger, fetter Wackelpudding. Wenn er Bodo ins Bein gebissen hätte, hätte der nicht so schnell hinter mir herwetzen können.

Der Läufer kniete sich neben mich und tastete mich behutsam ab. Ich erklärte ihm, daß ich noch unter den Lebenden weilte.

»Miau-mio, hm? Das war verdammt knapp eben! Grenzt an ein Wunder, daß der Köter dich nicht in der Luft zerrissen hat!«

Die Pfeife war's, die Pfeife, erklärte ich. Dann fiel mir

ein, daß der Läufer ja, wie alle Menschen, fast taub durchs Leben ging. Die Hundepfeife konnte er gar nicht gehört haben.

Der Läufer nahm mich hoch und trug mich zum Haus. Auf der Terrasse, in der Sonne, stand ein Liegestuhl, in dem er offenbar gesessen und Zeitung gelesen hatte. Allerdings war er mit seinem Hemd und den kurzen Hosen vernünftiger gekleidet als Silke mit ihren zwei Stoffetzchen. Er setzte mich auf den warmen Platten ab. Ich kauerte mich hin und wickelte den Schwanz um die Vorderpfoten. Bevor ich an den Fußmarsch nach Hause auch nur denken konnte, mußte ich mich erst mal ausruhen. Der Läufer verschwand im Haus und kam mit einer Schüssel Wasser zurück, aus der ich mich dankbar bediente. Dann rollte ich mich zusammen und schloß die Augen. Ich hörte, wie der Läufer auf dem Liegestuhl Platz nahm und raschelnd die Zeitung entfaltete.

Als ich die Augen wieder aufmachte, war die Sonne tiefer gesunken und ein kühler Wind wehte. Ich setzte mich auf und wusch mich gründlich, um die ekelhafte Köterspucke loszuwerden. Der Läufer war hinter seiner Zeitung verborgen. Jetzt legte er sie weg.

»Na, Dicker? Geht's dir wieder gut?«

So gut wie neu, gab ich zurück. Ich heiße übrigens Puschkin!

Wir schauten uns in die Augen. Er lächelte. Zeit, heimzugehen. Langsam schlenderte ich über den Rasen davon.

»Findest du auch den Weg?« rief er mir besorgt hinterher.

O diese Menschen. Felis silvestris catus findet immer den Weg nach Hause.

Schon von weitem hörte ich Karins Stimme. »Mensch, Silke. Jetzt sitz doch nicht so da. Laß uns losgehen und Puschkin suchen. Bestimmt kann Eduard ihn aufspüren.«

Karins Vertrauen war wirklich rührend. Dabei würde Eduard mich höchstens erschnüffeln können, wenn ich bratend an einem Spieß hinge und lecker vor mich hin duftete.

»Er schafft das bestimmt! Wir lassen ihn an der Sofadecke riechen.«

»Nein«, sagte Silke.

»Aber warum denn nicht? Ist doch besser, als hier rumzusitzen und ...«

Jetzt fing Silke an zu weinen. »Nein!« schluchzte sie. »Ich könnt's nicht ertragen, ihn in blutige Fetzchen zerrissen irgendwo liegen zu sehen!«

»Aber Schnucki! Der Typ, der Besitzer, den die Oma da per Handy herbeigetrommelt hat, hat doch gesagt, der Hund wär gleich gekommen, als er drei Häuser weiter gepfiffen hat. Und hätte kein Blut an der Schnauze gehabt.«

Silke weinte weiter, unberührt von Karins zwingender Logik. Ich beschloß, sie von ihrem Elend zu erlösen und schlenderte herbei. Silke, wieder in Jeans und ihrem orangefarbenen T-Shirt, saß am Tisch. Karin stand hinter ihr und strich ihr tröstend übers Haar. Eduard hockte daneben und starrte aus feuchten Glubschaugen vor sich hin. Als er meiner ansichtig wurde, sagte er: »Wuff!«

Obwohl ich mir grundsätzlich nicht die Mühe mache, hündische Grunz- und Kläfflaute zu decodieren, wußte ich, was das heißen sollte: Seht, was ich gefunden habe, ich allein! Ich kluger Hund!

Silke und Karin fuhren herum. Ein seliges Lächeln breitete sich über beider Züge.

»Puschkin!« rief Silke, sprang auf und stürzte auf mich zu.

»Was hab ich gesagt! An Eduard ist ein Polizeihund verlorengegangen!« schrie Karin und eilte ebenfalls herbei. Nemo war schneller. Sein tütenohriger Kopf tauchte hinter einem Blumenkübel auf. Dann kam er mit aufgerichtetem Schwanz gelaufen. Ehe ich es verhindern konnte, berührte seine Nase die meine. Quicklebendig war der kleine Teufel, wenn er auch penetrant nach Dobermannspucke stank. Es gibt keine Gerechtigkeit auf dieser Welt. Von Rechts wegen sollte er schon halb verdaut im Magen *meines* Verfolgers schaukeln.

Silke nahm mich auf den Arm und drückte mich an sich. Karin kraulte mich unter dem Kinn. »Schlauer Kater«, lobte sie. »Bist rauf auf den nächsten Baum und hast dem fiesen Köter ein Schnippchen geschlagen, was? Und vorher hast du ihm noch die Nase blutig gehauen, hm?«

So ungefähr, schnurrte ich. Fast hätte ich ihm auch noch ein Ohr abgebissen.

»Na!« platzte eine männliche Stimme in unsre Idylle, »Da ist ja das Tierchen! Heil und gesund, wie's scheint!«

Silke und Karin fuhren erschrocken herum. Unbeachtet von Eduard, dem Polizeihund, hatte ein Männchen die Terrasse betreten. In einer Hand hielt es einen großen Blumenstrauß, in der anderen eine Weinflasche.

»Sie!« sagte Karin unfreundlich. »Daß Sie sich überhaupt noch hertrauen! Fehlte nur noch, daß der Killerhund auch dabei wär!«

Das Männchen – ein rundliches Individuum mit Stirnglatze, blanken Knopfaugen und einem Schnurrbart – senkte verlegen den Blick und scharrte mit den Füßen. »Es tut mir wirklich leid … Ich hab Mutti schon so oft gebeten, Bodo nicht ohne Leine laufen zu lassen oder wenigstens immer die Hundepfeife mitzunehmen, aber …« Er zuckte hilflos die Schultern und fuhr mit einem gewinnenden Lächeln fort: »Er ist völlig harmlos, wissen Sie. Er tut niemandem was, wirklich. Und er hat auch nichts gegen Katzen, im Gegenteil, er schleckt sie für sein Leben gern ab.«

»Das haben wir gemerkt!« unterbrach Silke eisig und drückte mich beschützend an sich.

»Nur dicke schwarze Katzen, die kann er auf den Tod nicht leiden«, fuhr der Schnurrbärtige aalglatt fort. »Da dreht er durch. Er muß als Welpe mal ein Trauma erlitten haben, der arme Kleine. Aber wie dem auch sei, das Katerchen ist ja heil und gesund wiedergekommen. Ich hab's doch gewußt! Kein Blut an Bodos Schnauze …«

»Aber gleich welches an deiner«, murmelte Karin in sich hinein.

Au ja, Karin. Gib's ihm!

»Also«, dröhnte das Männchen weiter, »weswegen ich gekommen bin … ich wollte Sie in aller Form um Verzeihung bitten. Wo wir doch Nachbarn sind.«

Silke zog die Augenbrauen hoch. »Nachbarn? Wir? Nicht, daß ich wüßte«, sagte sie abweisend.

Karin schüttelte den Kopf. »ICH«, sagte sie entschieden, »wohne Gott sei Dank sowieso ganz woanders!«

Lächelnd trat das Männchen vor, machte eine schwungvolle Verbeugung und hielt Silke die Blumen hin. »Bitte schön! Mit den besten Grüßen von Mutti und mir aus unserem Garten!«

Daß er uns so dicht auf die Pelle rückte mit seinem rosa Rosengemüse, war endgültig zuviel! Mit einem Fauchen befreite ich mich aus Silkes Griff und verzog mich unter den Blutjohannisbeerstrauch, wo ich die Szene ungestört beobachten konnte.

»Jetzt haben Sie ihn erschreckt!« zischte Silke. »Was, wenn Puschkin jetzt ein Trauma erleidet, hm?«

Das Männchen wurde rot bis unter die Stirnglatze. »Entschuldigen Sie! Das wollte ich nicht, wirklich. Übrigens, wenn ich mich vorstellen darf: Kleinschmitt ist mein Name. Dr. Harald Kleinschmitt.«

»Kleinschmitt, Kleinschmitt ...«, murmelte Silke. »Der neue HNO-Arzt Ecke Blütenstraße?«

Kleinschmitt lächelte und nickte. Immer noch hielt er die Blumen Silke entgegengestreckt.

»Na, geben Sie schon her!« fauchte die und griff sich den Strauß. »Ich will mal nicht so sein. Schließlich ist ja wirklich nichts passiert. Aber wenn ich Ihre Mutti und diesen Köter ...«

»Bodo«, unterbrach Kleinschmitt. »Er heißt Bodo. Bodo vom Kahlen Asten.«

Oho. Vom Kahlen Asten. Ein Köter von und zu, genau wie Eduard. Eduard vom Rittersberg! Es ist doch immer wieder rührend, wie Hundebesitzer versuchen, ihre vierbeinigen Geschmacksverirrungen schönzureden. Dabei kann es nicht funktionieren, was ich mit einem einleuchtenden Beispiel erläutern möchte: Man nehme einen Kuhfladen, dessen Stammbaum lückenlos bis in die Steinzeit dokumentiert ist, weshalb er sich »vom Rind« nennen darf. So geadelt, ist er aber nach wie vor nichts anderes als ein Kuhfladen. Und ein Köter bleibt ein Köter.

Silke ließ sich denn auch von Bodos Adelstitel keinen Sand in die Augen streuen und fuhr fort: »… wenn ich also Ihre Mutti und diesen Köter hier noch einmal ohne Leine sehe, dann …«

»Dann …?« echote Kleinschmitt ängstlich.

»Knall ich das Vieh ab«, sagte Silke kaltblütig.

Während ich mich noch fragte, womit sie das bewerkstelligen wollte, bemerkte Karin: »Aber nicht seine Mutti. Auch wenn sie keine Leine anhat. Das geht zu weit, Schnucki.«

Kleinschmitt, Silke und Karin sahen sich an. Dann fingen sie an zu lachen. Das Eis schien gebrochen. Man schüttelte sich die Hände, und Silke machte die Honneurs: »Ich heiß Silke. Silke Schneider. Und das ist meine Freundin Karin Möbius.«

»Sehr erfreut«, sagte Kleinschmitt.

Nemo kam herbei und strich schleimbeutlerisch um seine rehbraunen, knittrigen Hosenbeine. Auch das Hemd, so ein beigefarbener Lappen, war knittrig, fiel mir auf.

»So ein zutrauliches kleines Kerlchen«, säuselte Kleinschmitt, bückte sich und hielt Nemo die Hand zum Beschnüffeln hin. Hielt er ihn etwa für einen als Kater verkleideten Köter? »Und schnurrt so schön …«

Das ist auch alles, was er kann!

Kleinschmitt tätschelte Nemo und richtete sich wieder auf. »Tja. Dann will ich Sie nicht länger aufhalten. Und nichts für ungut noch mal!« Er streckte die freie rechte Hand aus, um erneut Karins und Silkes Hände zu schütteln. Seine Linke umklammerte noch immer die Flasche.

»Moment mal«, sagte Karin nach einem schnellen Blick aufs Etikett. »Wollten Sie der Flasche nur ein bißchen frische Luft gönnen, oder …«

Kleinschmitt riß die Augen auf. »Wie?« Dann war der Witz zu ihm durchgedrungen. Lächelnd gab er zurück: »Ach so! Nein, natürlich nicht! Eigentlich wollte ich Sie zu einem Glas einladen, auf den Schreck hin. Wenn ich darf …«

Er hielt die Flasche hoch. »Na gut«, sagte Silke großmütig. »Setzen Sie sich. Ich hol mal Gläser und einen Korkenzieher.«

Schwupp, saß Kleinschmitt auf einem Stuhl und strahlte Karin an. Karin grinste, fuhr sich durchs kurze Haar und nahm ebenfalls am Tisch Platz.

Ich hörte ein Auto vor dem Haus vorfahren. Eine Wagentür knallte zu. Dann schnelle Schritte auf Stöckelabsätzen. Ich drehte mich um. Jemand lugte durch die Büsche zur Terrasse hin. Jemand, den ich gut kannte. »Hallo, Puschkin!« sagte Iris. »Na, geht's gut?«

Um Haaresbreite den Fängen des Todes entronnen! meldete ich. Aber den Köter, der mir ans Fell wollte, hab ich fertiggemacht!

Iris hatte nicht zugehört, sie war zu sehr damit beschäftigt, Kleinschmitt (und Karin) auf der Terrasse zu beäugen, die in ein angeregtes Gespräch vertieft waren. Nach einer eingehenden Musterung richtete sie sich auf, holte eine flache goldene Dose aus ihrer Handtasche, klappte sie auf und betrachtete sich prüfend im Spiegel. Entfernte mit der Zunge ein bißchen Lippenstift vom Schneidezahn, puderte ihre Nase. Steckte das Döschen wieder weg, warf die blondgesträhnte Mähne in den Nacken und stöckelte zum Hauseingang, von wo ein Plattenweg zur Terrasse führt. Gerade als Silke, mit Gläsern und Korkenzieher bewaffnet, wieder ins Freie trat, rauschte Iris an.

»Hal-loo!« trällerte sie.

Es folgte eine herzliche Begrüßung. Iris tätschelte Eduard, der aufgrund langjähriger Erfahrung mit Iris' sensiblen Textilien erst gar nicht versuchte, an ihr hochzuspringen, und bewunderte Nemo, der schlafend in der Sonne lag (allerdings eher halbherzig, da sie Angst hatte, er könne aufwachen und ihre feinen Strumpfhosen zerreißen sowie Fäden an ihrem weißen Leinenkostüm ziehen). Silke stellte Herrn Dr. Kleinschmitt als neuen HNO-Nachbarn, Ecke Blütenstraße, und Besitzer eines Köters mit Schwarze-Katzen-Trauma vor. Zum Glück sei Puschkin noch mal mit heiler Haut davongekommen! Und Bodo der Dobermann werde zukünftig keine Pfote mehr ohne Leine nach draußen setzen! Und das sei Iris Wächter; zusammen mit Karin hier und Anja Zettel Silkes liebste, beste Freundin. Mit diesen leicht verwirrenden Worten eilte Silke davon, um noch ein Glas zu holen. Iris ließ sich anmutig neben Kleinschmitt nieder. Er starrte sie an wie Eduard eine von Silkes Wurstplatten. Sie schenkte ihm ein strahlendes Lächeln und warf den Kopf in den Nacken, daß ihre großen goldenen Ohrringe klirrten. Dann strich sie sich eine blonde Haarsträhne aus dem Gesicht. Die goldenen Reifen an ihrem Handgelenk klimperten. Um den Hals funkelten zwei dicke Ketten; sämtliche Finger mit den rotbemalten Krallen waren mit Glitzerringen verziert. Eine Wonne!

Kleinschmitt schien das auch zu finden. Er konnte den Blick nicht abwenden.

Karin grinste in sich hinein, während Iris unbekümmert schnatterte. Sie habe soeben bei ihren Eltern – Vati habe gestern ja seinen sechzigsten Geburtstag gefeiert – Kaffee getrunken und habe sich gedacht, schau ich doch mal bei Silke vorbei! Kleinschmitt äußerte, daß das eine wunderbare Idee gewesen sei! In diesem Moment kam Silke mit dem Glas und gesalzenen Erdnüssen wieder. Kleinschmitt schnappte sich die Weinflasche und öffnete sie.

»Nein, wie machen Sie das geschickt, Herr Dr. Kleinschmitt!« sagte Iris.

Kleinschmitt strahlte sie an. »Bitte, Frau Wächter … sagen Sie doch Harald zu mir!«

Silke und Karin warfen sich einen Blick zu.

Harald sah es und fügte hastig hinzu. »Und Sie doch bitte auch!«

»Gern!« hauchte Iris und beugte sich vor. Klimperklirr, klirr-klimper. Niemand klimpert so nett wie Iris. Wonnig!

Harald schenkte ein. Man stieß an und trank. Iris erzählte ein bißchen über Vatis stimmungsvolles Geburtstagsfest, dann fragte sie Harald, wann er denn hierher gezogen sei? Augenblicklich sprudelte Harald seine gesamte Lebensgeschichte heraus. Er sei fünfunddreißig, stamme aus Heidelberg, wo er auch studiert und im Krankenhaus gearbeitet habe, bis sich im Juni die Möglichkeit ergeben habe, hier in dieser schönen Stadt die Praxis eines in den Ruhestand tretenden Kollegen zu übernehmen.

»Ach, wie oft war ich beim alten Doktor in der Praxis, wegen meiner Ohren ...« seufzte Iris.

»Ach ja?« schaltete sich Silke ein. »Wußte ich gar nicht.«

»Ich auch nicht«, bemerkte Karin.

Iris warf den beiden einen strafenden Blick zu. »Ich hab öfter so ein Klingeln in den Ohren, ein metallisches Scheppern ... sehr unangenehm.«

Wonnig! seufzte ich unter meinem Busch. Klimperklirr, klirr-klimper ...

»Oh-oh«, sagte Harald besorgt. »Tinnitus?«

Iris zuckte die Schultern und meinte mit einem tapferen Lächeln: »Ach, wissen Sie, darüber mache ich mir keine Gedanken ...«

»Das sollten Sie aber!« entfuhr es Harald. »Mit Tinnitus ist nicht zu spaßen! Was hat denn der Kollege diagnostiziert?«

»Eigentlich habe ich es ja mehr im Hals. Ich war immer schon sehr sensibel, und der Hals ist mein wundester Punkt. Immer wieder so ein Kratzen, verstehen Sie, ein Kitzeln. Kaum fliegt irgendwo ein Bazillus rum, sitzt er schon in meiner Kehle ...« Zart strich sie mit einer Hand über den goldgeschmückten Hals.

Harald schluckte. Dann räusperte er sich. »Äh, das sollten wir unbedingt abklären. Lassen Sie sich doch gleich morgen einen Termin in der Praxis geben, Iris!«

Iris lächelte. »Wenn Sie meinen, Harald ... Sagen Sie ... haben Sie sich denn schon eingelebt in unserer Stadt?«

Gleich floß Harald wieder über. Mutti, die ihm den Haushalt führe (Vati sei ja leider schon lange tot), gefalle es großartig hier und ihm auch. Die Wohnung über der Praxis sei wunderbar geräumig. Mutti liebe den kleinen

Garten, gehe gern mit Bodolein spazieren und habe schon Anschluß in der Nachbarschaft gefunden. Er selbst sei bereits Mitglied im Golf- und Tennisclub. Und der Lions Club sei ja auch hier aktiv und die Rotarier. Und hübsche Geschäfte gäbe es auch in der Stadt.

»Ich kaufe gern mal was Nettes zum Anziehen«, erklärte er und strich mit einem kleinen Lächeln über Knitterhemd und -hose.

»›Armani‹«, sagte Iris. »Slipper und Gürtel von ›Étienne‹.«

Worauf Harald in Begeisterungsstürme ob ihrer Beobachtungsgabe und Sachkenntnis ausbrach.

»Och«, meinte Iris bescheiden. »Ein bißchen was versteh ich schon davon. Ich arbeite bei »Arabesque«. Sogar Christiane Herzog hat schon bei uns eingekauft!«

Nicht möglich, begeisterte sich Harald, und selbstverständlich habe er sich schon die Auslagen bei »Arabesque« angeschaut, nur leider führe das Geschäft ja keine Herrenmode. Und Mutti habe ihm verboten, Geld für sie auszugeben. Alles, was sie brauche (und das sei fast nichts), bestelle sie bei »Quelle«, das sei ihr leider nicht abzugewöhnen. Und dabei würde er, Harald, sie so gern ein bißchen verwöhnen … Iris nickte verständnisvoll und regte an, daß Harald doch mal mit seiner Gattin bei »Arabesque« hereinschauen könne …

Worauf Harald seufzte und bemerkte, daß er unverheiratet sei. Leider.

Iris nahm ihr Glas und nippte an dem Wein. Ihre großen blauen Augen versenkten sich in Haralds blanke Knopfäuglein. Silke und Karin, die dem Austausch mucksmäuschenstill und fleißig weintrinkend gelauscht hatten, hielten den Atem an. Spannung knisterte in der kühlen Abendluft. Da vernahmen meine gespitzten Ohren plötzlich schlurfende Schritte auf dem Bürgersteig. Ich drehte mich um. Eine kleine, magere Frau mit weißen Haaren näherte sich. Eine dünne Stimme rief: »Harald! Junge!«

Wie von der Tarantel gestochen schoß Harald von seinem Stuhl hoch. »Mutti!« rief er und eilte Richtung Straße. »Hier bin ich!«

Iris, Karin und Silke warfen sich einen Blick zu. Karin öffnete den Mund, um etwas zu sagen, da kam Harald schon wieder, einen Arm um Mutti gelegt, die in etwas steckte, das aussah wie ein blaugeblümter Sack, und eine graue Strickjacke an die Brust drückte.

»Das ist Mutti!« sagte Harald stolz. Brav erhoben sich Iris, Silke und Karin und schüttelten Muttis Hand, während Harald sie der Reihe nach vorstellte. Muttis Augen verengten sich zu Schlitzen. Während sie Hände schüttelte, musterte sie die drei so scharf, als wolle sie sie auf ihre Eignung zum Sonntagsbraten untersuchen.

»Wir kennen uns ja schon«, sagte sie zu Silke und Karin. »Ist die Katze denn nun wieder aufgetaucht?«

»Ja, Gott sei Dank!« sagte Silke. »Heil und gesund. Da liegt er, mein Puschkin. Unter dem Busch.«

Mutti drehte sich um und taxierte mich. »Der hätte Bodolein schwer im Magen gelegen. Da wäre wieder mal eine enorme Tierarzt-Rechnung auf uns zugekommen, Harald.«

Harald wurde rot und lächelte gequält.

»Mein Puschkin ist nicht dick«, gab Silke empört zurück. »Das ist bloß das Fell!«

Jetzt fiel Muttis Blick auf den schlafenden Nemo.

»Der hat Bodo gefallen«, meinte sie freundlich zu Silke. »Kein Härchen hat er ihm gekrümmt.«

Ich muß sagen, daß ich selten einen Menschen so auf Anhieb verabscheut habe wie Haralds Mutti.

»Ähm«, stotterte Harald, der immer noch puterrot bis unter die Stirnglatze war, »wolltest du nicht noch den Salat gießen? Im Garten?«

Mutti warf ihm einen scharfen Blick zu. »Längst erledigt. Ich hab dir deine Strickjacke gebracht.«

Sie hielt ihm das graue Wollding hin. Harald nahm es mit spitzen Fingern entgegen. »Ähm. Ja. Danke.«

»Bitte«, sagte Mutti. Sie musterte Silke und Karin noch einmal kurz und scharf, dann konzentrierte sie sich auf Iris. Was sie sah, schien ihr nicht zuzusagen, denn ihre Lefzen zogen sich nach unten. Komisch. Wo Iris doch so wonnig glitzerte und funkelte.

»Diese Jacke«, sagte sie anklagend, »habe ich selbst gestrickt, vor zwölf Jahren. Für Vati, der nun schon zehn Jahre tot ist. Harald trägt sie jeden Abend, wenn es kühl ist. Und es *ist* kühl!«

Alle nickten respektvoll. Mutti wandte sich Harald zu, und ihr Gesicht wurde weich. »In zehn Minuten gibt's Abendessen. Aber laß dich nur nicht stören, ihr habt euch so nett unterhalten, bevor ich kam …«

Harald seufzte. »Schon gut, Mutti. Ich komme mit.«

»Wenn du unbedingt möchtest«, sagte Mutti und wandte sich mit einem dahingemurmelten »Wiedersehen« zum Gehen. Nicht ohne einen letzten scharfen Blick auf Iris, die so strahlend lächelte, wie es ihr irgend möglich war. Eigentlich hätte Mutti geblendet die Hände vors Gesicht schlagen müssen.

Harald verabschiedete sich per Handschlag von Silke und Karin. Als er dann Iris' Hand in der seinen hielt, zischte er ihr zu: »Rufen Sie mich an? In der Praxis?«

Iris nickte mit glänzenden Augen.

»Ha-rald!« rief Mutti. »Kommst du?«

»Sofort«, trällerte Harald und ließ endlich Iris' Hand los.

»Auf Wiedersehen, Frau Kleinschmitt«, rief Iris hinter der entschwindenden Mutti her.

»Muß nicht sein«, nuschelte Silke.

»Find ich auch«, murmelte Karin.

»Wird sich wohl leider nicht vermeiden lassen«, hauchte Iris.

Zwei Augenpaare hefteten sich fragend auf Iris. Iris zwinkerte, legte verschwörerisch einen Finger an die Lippen und gestikulierte Richtung Straße, wo Harald und Mutti im Schneckentempo davonzogen.

»Na, was meint ihr?« flüsterte Iris.

»Ich hab Hunger«, sagte Karin laut.

»Ich auch«, meinte Silke.

Ich auch! meldete ich mich zu Wort. Nemo streckte sich, gähnte, stand auf und schlenderte zu Silke hinüber. Pflanzte sich vor ihrem Stuhl auf und gab die Standardfloskeln zum besten, die er in verschiedenen Variationen beherrschte: Hunger! Essen!

Silke ignorierte ihn.

»Ich meinte … Harald!« zischelte Iris.

Karin winkte ab. »Vergiß ihn.«

»Genau«, kam es von Silke. »Denk an Mutti.«

»Ach was«, meinte Iris vergnügt. »Mit der werd ich schon fertig.«

Sie beugte sich über den Tisch und sagte leise: »Er ist nett, oder?«

Karin und Silke sahen sich an. Zuckten die Schultern. »Ja, schon«, meinte Karin schließlich. »Aber ...«

»Er ist also nett«, unterbrach Iris unbarmherzig. Sie zählte an den Fingern auf: »Außerdem unverheiratet. Unternehmungslustig, da Mitglied in allen möglichen Vereinen. Bestimmt kann man Spaß mit ihm haben! Und er ist großzügig. Will Mutti verwöhnen und kommt nur nicht zum Zug, weil die alte Urschel ihn nicht läßt ... also, mit mir würde ihm das nicht passieren.«

Karin und Silke seufzten.

»Und er fühlte sich zu mir hingezogen. Ganz eindeutig«, fuhr Iris fort.

Silke und Karin seufzten wieder in schöner Einmütigkeit. Iris trank einen Schluck Wein und lächelte sie an.

»Aber ihr habt ihn natürlich zuerst kennengelernt.«

Silke rollte mit den Augen. »Ja. Und?«

»Na ja ... wenn ihr interessiert seid, müßten wir würfeln. Das wäre nur fair.«

»O Iris«, stöhnte Karin. »Ich will ihn doch gar nicht.«

»Fein«, gab Iris strahlend zurück. »Und wie sieht's mit dir aus, Schnucki?«

Silke schüttelte den Kopf. »Ich stehe völlig außer Konkurrenz. Ich hab mit Männern nichts mehr am Hut.«

Iris riß erstaunt die Augen auf. Dann ließ sie ihren Blick über Silkes ungeschminktes Gesicht, das zurückgebundene Haar und das T-Shirt schweifen. Sie überlegte scharf und platzte dann heraus: »Bist du krank, oder was?«

Silke wurde rot. »Quatsch«, sagte sie. Und ließ die Geschichte vom Schicksal, der inneren Einkehr und endgültigen Abkehr vom männlichen Geschlecht vom Stapel, in deren Genuß ich nun schon zum zweiten Mal kam.

Iris sah Karin an. Die zuckte die Achseln und inspizierte ihre kurzgeschnittenen, unbemalten Krallen. »Silke«, erklärte sie, »hatte gestern ein paar Begegnungen der dritten Art: Nieten mit Doppelnullfaktor.«

Klickediklick, machte es in Iris' Hirn, ich konnte es deutlich hören. »Trotz TomTom-True-Fummel?«

»Ja, trotz TomTom-True-Fummel! Auf Äußerlichkeiten kommt's eben überhaupt nicht an!« fauchte Silke. »Und jetzt geh ich rein und füttere die Katzen. Danach geh ich Pizza essen. Ihr könnt gern mitkommen, wenn ihr nichts Besseres vorhabt!«

»Klar geh ich mit«, sagte Karin.

»Ich auch«, meinte Iris. »Und was immer dich gestern aus dem Gleichgewicht gebracht hat – nimm's nicht so tragisch! Mach dich schick, schmink dich nett, steck dir die Haare auf, zieh die großen goldenen Ohrringe an, dann sieht die Welt schon wieder ganz anders aus.«

Silke schnaubte nur, schnappte sich die leeren Gläser und ging rein.

Nachwort:

Zum Dinner servierte uns Silke Kabeljauhäppchen in feiner Jelly. Sie zog sich nicht um. Das einzige Zugeständnis, das sie an ihre Optik machte: Sie putzte sich die Zähne und puderte die Nase. Ach ja: Sie besprühte sich auch mit Duftwasser. Im Flur schaute sie einmal kurz in den Spiegel. Schauderte, riß schnell die Wohnungstür auf, und weg war sie, gefolgt von Karin, Iris und Eduard.

9

Natürlich hatte ich Silke kein Wort geglaubt. Sie würde von nun an ungeschminkt und schlicht gekleidet durchs Leben gehen und keinen, wirklich keinen Finger rühren, um sich einen Kerl zu angeln? Keinen einzigen Misthaufen wollte sie mehr nach Gold durchwühlen? Die Lostrommel des Schicksals Lostrommel sein lassen, obwohl sie sich doch schon auf 873 mögliche Nieten heruntergearbeitet hatte und der Hauptgewinn lockte?

Unmöglich.

Mathematischer ausgedrückt: Die Wahrscheinlichkeit, daß Silke die Finger von den Männern lassen konnte, war genauso hoch wie die Chance, daß es sich bei Nemo um ein vernunftbegabtes Wesen handelte.

Gleich null.

Warum?

Teil eins der Gleichung: Weil Silke genetisch auf Männerjagd programmiert ist. Außerdem sprechen meine Erfahrungswerte (Stichwort Sinnkrisen sowie das Spiel Wünsch-dir-einen-Kerl) eine unmißverständliche Sprache.

Teil zwei der Gleichung: Weil Nemo sich nach wie

vor für nichts anderes interessiert als für fressen, schlafen, schleimbeuteln, spielen, im Katzenklo scharren, daß die Streu nur so fliegt. Was beweist, daß sich unterhalb seiner Tütenohren ein Hohlraum befindet. Die Geheimnisse des Universums, die sich mir durch geballte Intelligenz, Beobachtung, Erfahrung, Zuhören, Fernsehen und ein erstklassiges Gedächtnis erschlossen haben, rutschen bei ihm durch ein Vakuum.

Dieses Vakuum muß auch dafür verantwortlich sein, daß er mir wieder auf die Pelle rückt, obwohl ich mir doch solche Mühe mit seiner Erziehung gegeben habe. Letztens rieb er sogar seinen Kopf an meiner Schulter! Er versucht, als erster zu dinieren und meinen Schwanz zu erhaschen, wann immer sich die Gelegenheit bietet. Neuerdings trappelt er sogar hinter mir her, wenn ich durch die Katzentür nach draußen spaziere. Immerhin verfolgt er mich nicht auf die Nachbargrundstücke, sondern läuft in den kleinen Garten hinter dem Haus, in der Hoffnung, dort Lotte Schäfer aus dem ersten Stock vorzufinden, die die Beete in Ordnung hält. Aufdringlich streicht er ihr um die Beine und spielt mit den Regenwürmern, die Lotte beim Unkrauthacken zutage fördert.

Aber ich schweife ab. Zurück zu Silke. Also, ich muß zugeben, daß sie mich verblüffte. Jeden Morgen rauschte sie schlicht gewandet (das heißt, sie zeigte so wenig Haut wie möglich), ungeschminkt und mit im Nacken zusammengebundenen Haaren und ihrer Sporttasche in der Hand ab ins Büro. Es kostete sie zwar Überwindung (sie erschauderte immer noch jedesmal, wenn sie ihr Spiegelbild im Flur erblickte), aber sie tat's.

Punkt neun am Abend, wenn die Kuckucksuhr rief,

kam sie verschwitzt und abgekämpft nach Hause, servierte unser Abendessen, duschte und schlüpfte in ihren pinkfarbenen Nickyanzug. Sie machte sich ein Tütensüppchen oder schob sich irgendwas aus der Tiefkühltruhe in den Ofen und köpfte eine Flasche Bier, dann schnappte sie sich das Telefon und tippte Karins Nummer ein. Die war mal da, mal nicht. Öfter aber nicht. Rekapitulieren will ich nur ein Gespräch, das am Donnerstag stattfand.

Silke: »Hi, Karin. Wollte mich nur mal wieder melden und berichten, daß ich mich unheimlich toll fühle. Die ganze Woche kein Fitzelchen Schminke im Gesicht gehabt. Konzentriert gearbeitet, ohne einen einzigen Gedanken an irgendeinen Kerl zu verschwenden. Jeden Abend im Fitneßstudio gepowert. Mensch, du, ich krieg richtig Muskeln!«

Karin (seufzend): »Also immer noch auf Entzug. Und was machst du am Wochenende?«

Silke: »Och ... ich wollt mal im Tierheim reinschauen. Vielleicht brauchen die jemanden, der die Katzenklos saubermacht oder so ... ich hab ja Übung.«

Karin: »Hört sich prickelnd an.«

Silke: »Kannst ja mitkommen.«

Karin: »Sorry, keine Zeit! Hab schon was vor.«

Silke: »Ach ja?«

Karin: »Mhm.«

Silke (lauernd): »Schon wieder Marco?«

Karin: »Mmmpfz. Es ist überhaupt nicht, was du denkst ... Marco ist einfach ein guter Kumpel, mehr nicht! Und überhaupt muß ich jetzt Schluß machen. Mein Badewasser läuft über.«

Anmerkung von Puschkin:

Wie Silke später aus ihr herauspreßte, war Karin in dieser Woche mit ihrem guten Kumpel Marco folgenden Aktivitäten nachgegangen:

1 x Kino. 2 x Autobasteln. 1 x Spazierengehen. 1 x Kneipenbummel. 1 x zum Chinesen essen gehen. 12 x Küssen (jeweils zur Begrüßung und zum Abschied). 2 x Händchenhalten (im Kino und beim Spazierengehen). O-Ton Karin: »Alles ganz kameradschaftlich. Überhaupt nicht, was du denkst, Schnucki!«

Seufzend drückte Silke die grüne Taste und tippte Anjas Nummer ein. Aber nur zur Kontrolle, denn Anja war verreist. Das hatte sich gleich am Montag nach der denkwürdigen Bodo-Eskapade herausgestellt. Da bekamen Silke, Karin und Iris Post. Es handelte sich um eine Diddl-Karte. Diddl, das ist eine Pseudo-Maus mit riesigdicken Füßen und einem albernen Grinsen im Gesicht. An Silkes Schlüsselbund hängt so eine lila Gestalt aus Plastik mit Zylinderhut und Blumenstrauß, deren Ähnlichkeit mit einem schmackhaften Nager naturgemäß verschwindend gering ist. Aber Silke scheint das nicht zu stören. Die giftgrüne Diddl-Maus auf Anjas Karte tanzte um eine durchlöcherte, primelgelbe Torte herum.

»Das Leben ist ein Käsekuchen«, las Silke mit gerunzelter Stirn vor. Drehte das Werk um und murmelte halblaut: *»Liebe Silke! Ganz liebe Grüße aus einem wahnsinnig tollen Überraschungsurlaub, Deine Anja.*

P.S. Ich habe auch Karin und Iris eine Karte geschickt, mit haargenau demselben Text. Nur die Anrede ist anders, war nicht zu vermeiden. Melde mich, sowie ich zurück bin. Termin steht noch nicht fest.«

Selbstverständlich ließ sich Silke den Wahrheitsgehalt dieser Zeilen sofort telefonisch bestätigen.

»Poststempel München«, sagte Karin nach dem Text- und Bildvergleich. »Was um alles in der Welt macht sie in München?«

»Treibt sich mit 'nem Kerl rum«, gab Silke düster zurück. »Jede Wette.«

»Ich wette nicht dagegen«, kam es von Karin.

»Du«, sagte Silke, »ich ruf jetzt schnell mal Iris an. Mal hören, was die meint. Ich meld mich gleich wieder, okay?«

»Ähm«, stotterte Karin. »Heut nicht mehr. Ich ruf dich morgen an, ja?«

»Ist gut«, sagte Silke eilig, drückte die grüne Taste und tippte neu ein.

Iris vertrat ebenfalls die Auffassung, daß sich Anja mit einem Typen in München rumtrieb. Auch sie hatte keinen blassen Schimmer, um welchen es sich handeln konnte, und war darüber genauso wütend wie Silke.

»So was von link ist das Weib!« keifte Silke. »Die kann was erleben, wenn sie heimkommt!«

»Genau!« sagte Iris. »Seine besten Freundinnen so zu hintergehen! Also, das würd ich nicht fertigbringen!«

»Ich auch nicht!« rief Silke. »Ach, da fällt mir ein … hast du eigentlich heute in der Praxis angerufen?«

Kurzes Schweigen am anderen Ende der Leitung. Dann Iris' Stimme, sehr hoch und gedehnt: »Praxis?«

»Ja, Praxis«, kam es ungeduldig von Silke. »Bei diesem Harald. Muttis Harald.«

»Ach so. Harald meinst du. Harald Kleinschmitt. Äh, ja. Hab ich.«

»Und?!«

»Ehm … wir haben uns verabredet. Samstag nachmittag im Tennisclub. Zum Tennisspielen.«

»Aber du kannst doch gar nicht Tennisspielen!«

Iris lachte. Es klang etwas gezwungen. »Er bringt's mir bei.«

»Und das erzählst du mir erst jetzt?!« empörte sich Silke.

»Ich bin doch gar nicht dazu gekommen«, sagte Iris vernünftig. »Wir haben über Anja gesprochen.«

»Auch wieder wahr. Aber du erzählst mir ganz bestimmt, wie's war, hörst du?«

»Klar, Schnucki. Mach ich doch«, erwiderte Iris.

Samstag nachmittag legte Silke ihre schäbigsten Klamotten an und fuhr zum Tierheim. Nach Hund, Meerschweinchen, Zwergkaninchen und Katzenpipi stinkend, kehrte sie heim. Duschte, aß was. Servierte unser Dinner. Schmuste mit mir und spielte mit Nemo, der seine Spielzeugmaus anschleppte. Dann klingelte das Telefon. Dran war Tom, der fragte, ob Silke Lust hätte, mit ihm und Ingo ein Bier im »Sunset« zu trinken. Silke war entzückt und stiefelte in Jeans und Jeanshemd los, ungeschminkt, die Haare zu einem Pferdeschwanz gebunden. Ich fragte mich, ob man sie im »Sunset« überhaupt erkennen würde. Gegen elf kam sie zurück – allein – und ging schlafen. Als ich zu ihr ins Bett hüpfte, schlang sie die Arme um mich und vergrub das Gesicht in meinem Pelz. Tränen tropften. »Ich fühl mich so einsam, Puschkin«, flüsterte sie und drückte mich so fest, daß ich nur noch erstickt krächzen konnte: Aber Silke. Du hast doch mich.

»Miau-mio, hm?« sagte sie und kraulte mich hinter den Ohren.

Ach Silke. Wann lernst du endlich meine Umgangssprache, hm? Von der Gedankensprache, in der ich immerhin *deine* Geschichte erzähle, wollen wir gar nicht reden. Damit wärst du geistig *völlig* überfordert, ich seh's ja ein.

Am nächsten Tag war Silke bei ihren Eltern zum Mittagessen geladen. Um zwei kehrte sie schlechtgelaunt zurück und marschierte ins Schlafzimmer, um sich umzuziehen. Ich schlenderte hinterdrein und legte mich aufs Bett, um ihr Gesellschaft zu leisten. Nemo kam herbei und hopste auf den Nachttisch. Silke knöpfte ihre weiße Bluse auf, zog die schwarze Hose runter. Und redete die ganze Zeit. »›Kind‹«, sagte sie mit der hohen, leicht gezierten Stimme ihrer Mutter. »›Du siehst aber blaß aus! Geht's dir nicht gut? Hast du Ärger im Büro?‹«

»›Nein, Mami‹«, sagte Silke mit Silkestimme, »›mir geht's prima.‹«

»›So ... na ja. So schaut sie aber nicht aus, nicht wahr, Karl? Das Kind sieht richtig blutleer aus.‹«

»›Wenn du meinst, Martha‹«, brummte Silke ganz tief.

»›Bestimmt hat sie Liebeskummer!‹« flötete Silke mit Marthastimme. »›Hast du Liebeskummer, Silkelein?‹«

»›Nein, Mami. Ich hab bloß kein Rouge aufgelegt.‹«

»›So! Aha. Hab ich dir schon erzählt, daß die kleine Elke Böhm von nebenan heiratet? Dabei ist sie sechs Jahre jünger als du. Und so einen netten jungen Mann hat sie erwischt! Den Sohn vom Lehrer Kümmel, stell dir vor! Eine richtige Nachbarschaftsromanze. Er ist übrigens nur drei Jahre jünger als du ... na ja. Jetzt ist's zu spät.‹«

»›Wofür ist's zu spät, Mami?‹«

»›Na … den hättest du auch haben können, wenn du dir Mühe gegeben hättest. Du bist viel hübscher als die kleine Böhm … wenn du dich ein bißchen nett herrichtest.‹«

Silke stand jetzt in der Unterhose da und angelte Shorts und ein Trägerhemdchen aus dem Kleiderschrank. »Blablabla«, machte sie plötzlich wütend. Dann funkelte sie mich an.

»Ich frag dich, Puschkin: Wer will schon so einen Milchbubi mit Seitenscheitel und Mitessern auf der Nase?!«

Ich schwieg taktvoll.

»Genau«, sagte Silke. »Ich nicht! Das hab ich Mami auch gesagt. Da ging wieder die alte Leier los: ›Du wirst nicht jünger, zu hohe Ansprüche, in zehn Jahren sitzt du alt, grau und verbittert allein in deiner Wohnung, ohne Kinder, ohne Mann. Dann ist der Zug endgültig abgefahren Kind!‹«

Silke streckte mir die Zunge heraus. »Bäääh!« machte sie. Darauf mit Silkestimme: »Sag ich: ›Mami, es gibt Frauen, die sich aus Überzeugung nicht binden wollen. Die ihr Leben unabhängig von einem Mann gestalten und dabei glücklich sind!‹ Sagt sie: ›Ja, Emanzen. Und Mädels, die sowieso kein Mann anguckt. Aber du doch nicht! Wenn du hier bei uns wohnen geblieben wärst und ein bißchen nett zu dem jungen Mann gewesen wärst … du könntest schon zwei Kinder haben.‹

Papi nickt und brummt: ›Sehr ordentlich, der junge Mann. Ist Beamter bei der Stadt.‹

Puschkin, mir blieb der Rinderbraten im Hals stekken. Sagt Mami: ›Kind, du ißt ja gar nichts. Schmeckt's nicht? Karl, schmeckt das Fleisch nicht?‹

Papi, der fleißig mampft, nuschelt mit vollem Mund: ›Natürlich schmeckt's, Martha! Wie immer.‹

Mami kaut kritisch und schluckt. ›Knuspriger‹, sagt sie anklagend, ›knuspriger wird der Braten natürlich in der Kasserolle! Aber die habe ich ja meiner Tochter geliehen und bis zum heutigen Tag nicht zurückbekommen!‹

›Tut mir leid, Mami‹, murmele ich. ›Ich kauf dir eine neue.‹

›Eine neue? Wieso denn das? Die alte ist Wertarbeit, die hält noch mal dreißig Jahre!‹

›Weil dein Pott kaputtgegangen ist, darum‹, behaupte ich. Ich konnte ihr doch schlecht sagen, daß Karin das Ding in die Mülltonne gepfeffert hat, oder?

Ach du Schande, da ging's erst richtig los: Was ich denn mit dem guten Stück gemacht hätte, es durch den Fleischwolf gedreht?! Oder vielleicht vom Dach auf die Straße geschmissen?

Da reißt mir der Geduldsfaden. ›Wenn du's genau wissen willst, Mami: Das Gulasch, das ich gekocht hab, hat ein Loch in den Boden von deiner dämlichen Kasserolle geätzt!‹

Mami guckt einen Moment ganz erschrocken. Dann sagt sie leise: ›Das hast du nun davon, daß du nie kochen lernen wolltest. So findest du nie einen Mann. Liebe geht *auch* durch den Magen. Oder, Karl?‹

Papi seufzt. Dann brummt er: ›Ach, laß das Kind in Ruh, Martha.‹

Und das war das einzig Vernünftige, was ich heute von irgendeinem Menschen gehört habe!«

Mit diesen Worten knöpfte Silke ihre Shorts zu und stelzte aus dem Zimmer, wohl um es sich draußen auf der Terrasse gemütlich zu machen.

Es war wieder ein schöner, sonniger Sonntag nachmittag, genau wie der letzte. Nur daß diesmal kein Bodo den Frieden störte. Silke lag auf der Liege, griffbereit neben sich das Telefon und einen Becher Kaffee. Ich drehte eine kleine Runde, Nemo immer hinterher. Auf dem Rasen hinter dem Haus standen drei Liegestühle. Auf einem ruhte Lotte Schäfer aus dem ersten Stock in Radlerhosen und einem ärmellosen T-Shirt. Sie streckte ihre langen knochigen Glieder der Sonne entgegen. Nichts dran an Lotte, und die Jüngste ist sie auch nicht mehr. (Ich sag doch, sie hätte Silkes Gästen nicht geschmeckt, ob nun auf einem Bett mit Gemüse drauf oder pur. Vielleicht aber doch besser als das Gulasch.) Neben ihr ruhte das Ehepaar Lauscher aus dem zweiten Stock, beide rundlich und ungefähr im selben Alter wie Silkes Eltern. Nemo erblickte Lotte, sauste zu ihr hin und sprang auf ihren Bauch. Lotte öffnete ein Auge und sagte lächelnd: »Na, du kleiner Süßer? Bleibst du ein bißchen bei mir?«

Nemo rollte sich auf ihrem Bauch zusammen und schnurrte.

Wenn's nach mir ginge, Lotte, würd ich ihn dir schenken. Am liebsten küchenfertig angerichtet, mit Petersiliensträußchen in den Tütenohren. Schleimbeutel à la Maison. Damit du mal was auf die Rippen kriegst.

»Und der dicke Puschkin ist auch da!« flötete Lotte und streckte eine Hand nach mir aus. Ich ignorierte sie und wanderte hinüber zu den Lauschers, die stets etwas

Eßbares dabei haben, wenn sie im Garten sind. Ah ja. Da stand das Tablett im Gras: eine Warmhaltekanne, zwei Becher, eine Zuckerdose und ein Teller mit – schnüffel, schnüffel – Butterplätzchen. Nichts, was große Begeisterungsstürme in mir auslöst, aber zur Not ... Zwei Augen hinter einer dicken Brille versenkten sich in meine. Eine Hand angelte nach einem Plätzchen. Brach ein Stück ab, hielt es mir hin. Na also.

Als ich zur Terrasse zurückkehrte, preßte Silke das Telefon ans Ohr und schrie hinein: »Du! Daß du dich überhaupt traust, hier anzurufen!«

»Schnucki!« tönte Anjas Stimme gekränkt aus dem Apparat. »Das ist aber keine nette Begrüßung!«

»Ja, was erwartest du denn?« zeterte Silke. »Machst erst so ein geheimnisvolles Tamtam am Telefon, dann trudelt hier 'ne Karte ein, daß du in München mit 'nem Kerl rummachst ...«

»Moment, Moment«, unterbrach Anja. »Von 'nem Kerl stand keine Silbe auf der Karte! Und von rummachen schon gar nicht!«

»Entspricht aber doch haargenau den Tatsachen!« feuerte Silke zurück.

»Keineswegs«, entgegnete Anja empört. »Alles ganz legal! Ich bin verlobt!«

Silke lief puterrot an und schnappte nach Luft.

»Silke? Bist du noch dran?«

»W-w-w-as hast du gesagt?!« stotterte Silke, immer noch nach Atem ringend.

»Jetzt hör mal, Schnucki. Ehe du mir hier einen Herzinfarkt kriegst ... Das süße Geheimnis wollte ich ganz offiziell dir, Karin und Iris mitteilen. Heute nachmittag. Bin ich nicht brav? Eben frisch aus München eingetroffen, meinem Bräutigam ein Küßchen gegeben, ihn zur Tür rausbugsiert und mich gleich ans Telefon gehängt, um euch herzlich auf ein Glas Champagner zu mir einzuladen. Und was ist? Iris nicht da. Karin nicht da. Und du, anstatt mir zu gratulieren ...«

Anjas Redestrom schien Silke regeneriert zu haben. »Moment mal!« fuhr sie dazwischen. »Kein Wort mehr! Du setzt dich jetzt in dein Auto und kommst hierher. Auf der Stelle!«

»Ich? Zu dir? Aber ich hab Champagner kaltgestellt. Und außerdem ... was ist mit Karin und Iris?«

»Das ist mir scheißegal!« fauchte Silke. »Ich sitz hier gemütlich in der Sonne und bin nicht gewillt, heute auch nur einen Fuß mehr vors Haus zu setzen. Von dem Mittagessen bei meinen Eltern hab ich mich nämlich immer noch nicht erholt! Und wenn du jetzt nicht deinen Hintern in Bewegung setzt und mir Rede und Antwort stehst, bist du die längste Zeit meine Freundin gewesen!«

Pause.

Dann sagte Anja seufzend: »Okay. Ich komme. Ich will ja nicht deinen plötzlichen Herztod auf dem Gewissen haben. Bis gleich dann ...«

»Ach, Anja?«

»Was?«

»Ich find's ja so was von schofel von dir, daß du mich wieder mal zuletzt angerufen hast!«

»O weh, o weh ...« stöhnte Anja noch, dann war die Verbindung weg.

10

Silke hatte in weiser Voraussicht Sektgläser und einen extragroßen Aschenbecher auf den Gartentisch gestellt, was Anja, die bald darauf eintrudelte, auf den ersten Blick registrierte.

»Ich sehe, du denkst mit«, sagte sie zur Begrüßung und schloß Silke in die Arme. Die ließ sich kurz drükken, dann schob sie Anja auf Armeslänge von sich und musterte sie von oben bis unten. Weil Silke so genau guckte, guckte ich, der ich auf dem Liegestuhl Platz genommen hatte, auch. Anja trug ihre roten Klumpsandaletten, ein rotes Stretchkleid, das kaum das Hinterteil bedeckte und darüber ein pinkfarbenes Chiffonhemd. Die langen schwarzen Haare waren aufgesteckt; die Ohren mit großen roten Plastikknöpfen geschmückt. Über einer Schulter hing der rote Lederrucksack. An ihrer Aufmachung – ein Viertelpfund Schminke im Gesicht inklusive – war also nichts Ungewöhnliches. Silke schien anderer Meinung zu sein.

»So«, sagte sie, »sieht also eine hinterlistige, treulose Schlange aus. Eine Schlange, die ihre allerbesten Freundinnen an der Nase rumführt!«

Anja befreite sich aus Silkes Griff, stellte ihren Rucksack auf den Tisch und zog unter wedelnden Bewegungen ihrer linken Hand zwei Flaschen hervor. Das Sonnenlicht brach sich funkelnd in einem Glitzerstein an ihrem Finger. Genau so einen Stein hatte Tom im Ohr, nur war dieser hier viel größer. Wie der Blitz griff Silke zu und drehte und wendete die Hand hin und her.

»Ooooh«, machte sie andächtig, »ein echter Brillant. Ist der schön!«

»Lupenrein«, schnurrte Anja. »Ein Karat. Weißgoldfassung.«

Silke konnte den Blick nicht abwenden. Anja grinste, zog den Ring ab und hielt ihn Silke hin. Schwupp, glitzerte er an Silkes Finger.

»Paßt genau«, sagte sie, ganz versunken in den Anblick ihrer funkelsteingeschmückten Hand mit den rotbepinselten Krallen.

»Meiner. *Mein* Verlobungsring, Schnucki!« erinnerte sie Anja.

Das riß Silke schlagartig aus ihrer Versenkung. Ihre Augen bohrten sich in Anjas. »Ich will *alles* wissen. Sofort!«

Ich auch, Anja. Solltest du es wirklich geschafft haben, einen Hauptgewinn an Land zu ziehen?

Aber erst mußte noch eine Flasche geöffnet und die andere im Kühlschrank verstaut werden. Dann verlangte es Anja nach Salzstangen und ein paar Pralinchen, was sie sich eigenen Angaben zufolge leisten konnte, da sie in der vergangenen Woche vor lauter Glück kaum zum Essen gekommen war. Endlich saßen die zwei am Tisch, stießen an, tranken. Auf das Brautpaar.

»Also?« kam es von Silke.

»Also ... erst mal hätte ich gern meinen Verlobungsring zurück«, sagte Anja. Silke zog das Juwel vom Finger und knallte es auf den Tisch.

»Ja, spinnst du! Das gute Stück!« rief Anja erschrocken.

»Muß ein Brilli aushalten können«, meinte Silke mit einer wegwerfenden Handbewegung. Schwupp, steckte der Ring wieder an Anjas Finger. Sie betrachtete ihn mit einem verträumten Lächeln.

Silke schlug mit der flachen Hand auf den Tisch. »Schluß jetzt mit der Verzögerungstaktik. Leg los, oder ich dreh dir den Hals rum.«

Unwillkürlich bewegte sich Anjas beringte Hand zur Kehle, wobei sie den funkelnden Brilli nicht aus den Augen ließ.

»Davon kriegst du ein Doppelkinn«, bemerkte Silke.

Anja schob das Kinn vor, ihre Hand zuckte zum Glas. Sie trank einen Schluck, räusperte sich. »Ich, äh, ich weiß gar nicht, wo ich anfangen soll ...«

Silke seufzte. »Am Anfang. Ganz am Anfang.«

»Am Anfang. Na gut. Also, es ist vorletzte Woche Mittwoch, so gegen fünf. Ich steh im Laden, es ist nichts los, draußen regnet es. Mir tun die Füße weh, weil ich neue Schuhe anhatte, weißt du, hohe Hacken mit Pfennigabsätzen, Pfennigabsätze sind ja wieder schwer im Kommen ...«

»Ich find Plateau-Schuhe praktischer. Damit kann man Leuten, die nicht zu Potte kommen, den Schädel einschlagen«, unterbrach Silke.

»Haha!« machte Anja. »Jetzt hast du mich aus dem Konzept gebracht. Wo war ich stehengeblieben?«

Silke rollte die Augen himmelwärts. »Auf deinen Füßen, die in Schuhen mit …«

»Ah ja! Ich steh da also und denk, noch eine Stunde, dann hast du's geschafft. Dann holst du dir beim Metzger um die Ecke einen Salatteller zum Mitnehmen, dann gehst du nach Hause und machst dir ein Fußbad. Dabei fällt mir ein, daß ich eigentlich gar keine Lust hab, heimzugehen in die leere Wohnung …«

»Ich sag dir schon seit Jahren, du sollst dir 'ne Katze zulegen. Mein Puschkin, den du übrigens noch gar nicht begrüßt hast, was dir aber verziehen sei, weil …«

»Stimmt!« rief Anja und sah sich suchend um.

Hier bin ich, Anja, auf dem Liegestuhl!

»Da bist du ja, Süßer«, murmelte Anja, stand auf und kam zu mir herüber. Sachte kraulte sie mich hinter den Ohren.

So, und jetzt erzähl weiter, sagte ich zu ihr.

»Miau-mio, hm, du dicker Kater?« lachte Anja.

Ehe ich ihr noch erklären konnte, daß ich keinesfalls dick bin, hatte sie sich schon wieder an den Tisch gesetzt und befeuchtete erneut ihre Kehle mit Champagner. Der Brilli an ihrer Hand glitzerte und funkelte. Dann sagte sie: »Daß 'ne Katze kein Kerl ist, ist doch sogar dir klar. Sonst würdest du doch nicht auf die Piste gehen. Wie ist überhaupt die Lage?«

Silke zuckte die Schultern. »Solo. Und das bleibe ich auch, aus Überzeugung. Ich will gar keinen Mann mehr. Bin endgültig drüber weg.«

»Bist du krank?« entfuhr es Anja. »Mir ist gleich aufgefallen, daß du grauenhaft aussiehst!«

Silke seufzte. »Ich hab bloß kein Rouge aufgelegt.

Aber lassen wir das. Also, du hattest keine Lust, nach Hause zu gehen …«

»In meine leere Wohnung, genau. Aber, Schnucki … du kannst nicht einfach rumlaufen wie ein Gespenst. So was erschreckt Männer zu Tode. Bißchen getönte Tagescreme, zwei Tupfer Rouge, Puder, Lippenstift und Wimperntusche … ein Köder soll Appetit machen!«

»Hat sich ausgeködert«, winkte Silke ab. »Und wir reden jetzt von *dir*, kapiert?«

»Du brauchst gar nicht so zu schreien«, sagte Anja gekränkt. Silke sah sie nur an.

»Na gut«, meinte Anja. »Aber aufgeschoben ist nicht aufgehoben. Du und solo aus Überzeugung, da lachen doch die Hühner! Interessiert mich auch, was Karin und Iris …« Unter Silkes zornfunkelndem Blick unterbrach sie sich, hüstelte und fuhr dann fort: »Okay, okay. Zurück in den Laden. Ich schlender rüber zu den Parfümtestern und sprüh mir ein bißchen ›Allure‹ hinter die Ohren, so aus Langeweile, und denke plötzlich an Gert. Weiß auch nicht, wie ich plötzlich auf den gekommen bin, die Sache ist doch schon seit einem Vierteljahr over und Ende. Aber ich sah ihn vor mir, in seinem schicken karierten Sakko, wie er mir immer Feuer gegeben und die Türen aufgehalten hat. Meistens war's meine Schlafzimmertür, ausgegangen sind wir ja hinterher so gut wie nie mehr, wegen seiner Frau, die hatte Verdacht geschöpft, und Gert wollte nicht riskieren, daß ihn irgendein Bekannter mit mir zusammen sieht. Einmal, als ich unbedingt mit ihm ins »Sunset« wollte, bloß auf ein Glas Sekt, hat er sich 'ne Schlägermütze aufgesetzt und 'nen Schnurrbart angeklebt … na ja. Deswegen sind wir ja auch auseinandergegangen. Weil er sich partout nicht scheiden lassen wollte. Sagte immer, das könne er seiner Frau nicht antun, die würde sich glatt aus dem Fenster stürzen vor Schmerz, wenn er sie verließe, und einen Selbstmord wolle er nicht auf dem Gewissen haben.«

Silke nickte gebannt.

Anja zündete sich eine Zigarette an (die erste, wie ich zu meiner Verwunderung registrierte), zog tief den Rauch ein und blies ihn zur Nase wieder heraus.

»Na, lange Rede kurzer Sinn: Wie ich so nachdenklich mit den Parfümtestern rumspiele, bimmelt mit einem Mal die Ladenglocke. Ich guck hoch, und vor mir steht, leibhaftig ...?«

»Gert?« rief Silke.

»Genau. In einem karierten Leinensakko und 'ner beigefarbenen Leinenhose. Wie er da so auftaucht, wo ich grade an ihn gedacht hab, das war richtig unheimlich. Wie ein Faustschlag in den Magen, das kann ich dir flüstern. Wir starren uns an, keiner rührt sich, keiner sagt ein Wort. Ich denk, daß er elend aussieht. Das war wirklich das erste, was mir aufgefallen ist, gleich nach den Klamotten. Blaß und dünn war er, die Haare – er hat so schöne volle weiße Haare – stehen ihm wirr zu Berge. Sofort verhärte ich mein Herz. Geht mich schließlich nichts an, ob er elend aussieht. Soll sich doch seine Frau drum kümmern. Da sagt er: ›Hallo, Anja.‹

›Oh, hallo, Gert‹, entgegne ich kühl wie eine Gurke. ›Was darf's sein? Parfüm für deine Frau?‹

Endlich setzt er sich in Bewegung und schleicht mit hängenden Schultern zu mir rüber. Ehe ich piep sagen kann, hat er mich in die Arme genommen und flüstert in mein Ohr (bücken braucht er sich ja nicht, mit Absätzen bin ich genauso groß wie er): ›Ach, Anja, Schatz. Ich hab's nicht mehr ausgehalten. Ich mußte dich einfach sehen.‹

Ich verhärte mein Herz noch mehr, was mir zugegeben schwerfiel, weil er so gut roch. ›1881‹ von ›Cerruti‹ stieg mir in die Nase, und ich dachte dran, daß ich es ihm mal geschenkt hatte und nicht erwartet hätte, daß er's immer noch nimmt ... Ich trete aber tapfer einen Schritt zurück, wobei ich beinahe in die Lippenstifte gesegelt wär, und sag: ›Nanu. Wie denn das auf einmal?‹

Karins Eduard könnte nicht schmelzender blicken als dieser Mann, als er nun erklärt, daß er *gelitten* habe seit der Trennung von mir. Gelitten wie ein Vieh.

Er fingert an seinem Sakko und der Buxe rum, alles schlottert. Er habe nicht mehr essen können, nicht mehr schlafen. Dauernd habe er an mich denken müssen, an meine traurigen braunen Augen beim Abschied damals. Und dann, vor ein paar Tagen, sei es aus ihm herausgebrochen: da habe er seiner Frau reinen Wein eingeschenkt. Daß er mich liebe, nur mich.

Mir blieb denn doch der Mund offenstehen. Just in diesem Moment bimmelt natürlich die Ladenglocke und rein kommt die Frau Kasteleiner, eine sehr gute Stammkundin. Da sag ich laut zu Gert: ›Tut mir leid, das führen wir nicht. Versuchen Sie's doch mal im »Seifenplatz« drei Häuser weiter.‹

Er nickt, sagt laut: ›Vielen Dank.‹ Flüstert: ›Viertel nach sechs im »Sunset«?‹

Zische ich zurück, bevor ich auf Frau Kasteleiner zusteure: ›Vergiß den Schnurrbart nicht!‹

Kein Schnurrbart, keine Batschkappe. Wir trinken

Sekt. Ich steck mir 'ne Fluppe an (die hatte ich bitter nötig). Er wedelt den Rauch mit der Hand weg (hat sich das Rauchen vor zwanzig Jahren abgewöhnt, das sind die Schlimmsten) und sagt: ›Ich kann gut verstehen, daß du böse auf mich bist. Aber sag: Hast du mich denn noch ein kleines bißchen lieb?‹

Die Liebeserklärung im Laden und der Sekt hatten mein Herz aufgeweicht. Sag ich also: ›Gert, das tut doch überhaupt nichts zur Sache. Du bist verheiratet und willst es bleiben.‹

Da nimmt er meine Hand, küßt sie, sagt: ›Eben nicht. Ich habe mich von meiner Frau getrennt. Wir leben in Scheidung, ganz freundschaftlich. Einer großen Liebe, die so an einem nagt, kann man nicht widerstehen.‹«

»Boah!« machte Silke beeindruckt.

»Genau das hab ich auch gedacht«, nickte Anja, die sich am Stummel ihrer Zigarette die nächste anzündete.

»Und während ich ihn fassungslos anstarre, legt er los. Daß er verstehen könne, daß ich gekränkt sei und so weiter. Aber er sei wild entschlossen, um mich zu kämpfen. Nächste Woche sei er in München, geschäftlich. Er hat ja 'ne Computerfirma und mußte bei irgendeinem Konzern ein Konzept für eine neue Anlage vorlegen. Na egal. Jedenfalls fleht er mich beinahe auf Knien an, mitzukommen. Nicht als sein Techtelmechtel, nein, als seine zukünftige Frau. ›Ehe auf Probe in der Weltstadt mit Herz‹, hat er gesagt. Und da war's um mich geschehen. *Mein* Herz war gänzlich durchgeweicht, und ich hab geheult wie ein Schloßhund.«

Silkes Augen wurden feucht. Sie langte über den Tisch und legte ihre Hand auf Anjas, auf die mit dem Brilli.

»Mensch«, sagte sie leise. »So was Romantisches! Wie im Märchen! Aber warum hast du uns denn nichts gesagt?«

»Ach, Schnucki ...«, sagte Anja mit wackliger Stimme. »Ich hatte so Angst, es klappt nicht! Daß er groß daherredet, in München ein bißchen rummacht und mir hinterher den Abschiedstritt gibt, verstehst du? Und wie hätte ich dagestanden, wenn ich ohne Verlobungsring wiedergekommen wär, hm? Deshalb hab ich auch gesagt, daß man das Schwein nicht schlachten soll, bevor es gefangen ist.«

»Also hör mal!« sagte Silke. »Wir wissen doch, wie's gehen kann. Oder?«

Anja nickte. »Ja. Stimmt schon. Tut mir auch echt leid.«

Silke ließ ihre Hand los und goß Champagner nach. »Geschenkt. Jetzt erzähl von München.«

»Wir haben im »Maritim« gewohnt, einer ziemlich noblen Hütte, wo es von tagenden Managern nur so wimmelt. So viel nadelgestreifte Wichtigkeit und Handys hab ich noch nie auf einem Haufen gesehen. Vormittags hat Gert geschäftlich zu tun gehabt, aber das war egal, nach dem ersten Tag hab ich sowieso lang geschlafen. Nachmittags sind wir in die Stadt bummeln gegangen oder rausgefahren aufs Land. Abends fein essen. Und nachts ...« Sie lachte und zog die Schultern hoch. »Na ja. Deshalb war ich morgens auch immer so müde. Gestern hat er mir dann ganz offiziell einen Heiratsantrag gemacht. Und wir sind den Ring kaufen gegangen.«

Silke wischte sich über die tropfenden Augen und schniefte. »O Mensch ... wie war das? Hat er sich vor dich hingekniet, mit einer roten Rose in der Hand und gefragt: ›Anja, Geliebte, willst du meine Frau werden?‹«

Anja kicherte. »Ach wo! Gert fällt doch nicht mit der Tür ins Haus. Er küßt mich wach morgens und sagt: ›Süße. Meine kleine schnuckelige Frau … es wird Zeit, daß wir dir einen hübschen Ring kaufen, oder?‹

Mir wird ganz warm, ach, was sag ich, heiß wird mir, weil ich jetzt weiß, daß er es wirklich ernst meint. Er will mich heiraten. Mich, Anja Zettel, Parfümeriefachverkäuferin! Ich hab zwar Realschulabschluß und bin Mamas ganzer Stolz, weil sie doch nichts gelernt hat und sich in der Fabrik abrackern mußte, um uns viere durchzubringen, wo der Alte die Fliege gemacht hat, als ich sechs war … Aber na ja, Gert hat doch studiert. So ein toller, gebildeter, reicher Mann in den besten Jahren läßt sich tatsächlich scheiden, für mich! Ich schmiege mich an ihn und seufze glücklich: ›Ach, Gert … ja! Wenn du wirklich willst!‹

›Klar‹, lacht er und hüpft aus dem Bett, weil er um neun einen Termin hat und noch duschen und frühstükken muß. Er streicht mir übers Haar und sagt: ›Schlaf ruhig weiter, Kleines, heut nachmittag gehn wir zum feinsten Juwelier in München!‹ Ja, und das haben wir dann auch gemacht. Wir waren bei ›Cartier‹, stell dir vor! Ich hab mich auf den ersten Blick verliebt …« Anja wedelte anmutig mit dem Funkelstein in der Luft herum.

»Ich hab zu dem Verkäufer gesagt: ›So und nicht anders muß ein echter Verlobungsring aussehen!‹ Gert hat gelacht und ihn mir gleich an den Finger gesteckt. Das war fast so schön und innig wie bei der Hochzeit von meiner Schwester Britta, in der alten Dorfkirche …«

»Oh, Anja«, seufzte Silke wieder. Um fast schüchtern zu fragen: »Liebst du ihn wahnsinnig? Gert, meine ich?«

»Ach, Schnucki«, rief Anja. »Ich bin so glücklich, daß ich darüber überhaupt noch nicht nachgedacht hab!«

»Hmmmmm ...«, machte Silke.

In diesem Moment schlenderte Nemo herbei. Sein Wanst war prall und rund, und er leckte sich genüßlich das Maul. Er hatte gespeist, eindeutig, und zwar gut. Er entdeckte Anja, die sich soeben darüber ausließ, daß Ehen, in denen mindestens ein Partner nicht blind vor Liebe sei, deutlich länger hielten als solche, wo man sich das Jawort im Überschwang der Gefühle gegeben habe. Da sprächen die Hormone, nichts weiter, und spätestens nach einem Jahr sei dann die Luft raus ... bei ihr und Gert könne das nicht passieren.

Nemo pflanzte sich vor Anja auf und sah interessiert zu ihr auf. Es kam, wie es kommen mußte: eiapopeia kleiner Kater, schnurr-schnurr, streichel-streichel. Sie hob ihn hoch in der Hoffnung, daß er es sich auf ihrem Schoß bequem machen würde. Aber nichts da. Er sprang herunter und hopste auf meine Liege. Streckte die Nase vor, bis sie fast die meine berührte. Milch roch ich! Er hatte Milch getrunken, Dosenmilch mit Wasser. Lotte Schäfer oder die Lauschers. O wie ungerecht ist die Welt. Für mich war nur ein Kekskrümel abgefallen. Ich fauchte. Er zog sich gemächlich zurück (wieso zitterte er nicht vor Angst?), rollte sich ein Stück weiter zusammen und fiel sogleich in tiefen Schlummer.

Anja sprach jetzt über ihre Hochzeit. Sie sollte nächstes Jahr stattfinden, wenn die Scheidung durch war. Am besten kurz vor Weihnachten, das sei immer so eine stimmungsvolle Zeit. Sie würde in cremeweiß vor den Traualtar treten, mit einem Strauß aus cremerosa Weihnachtssternblüten, und Silke, Karin und Iris würden Brautjungfern sein. Worauf Silke berichtete, daß Iris jetzt Tennis lernen würde. Ein gewisser Dr. Harald Kleinschmitt, seines Zeichens HNO-Arzt, Ecke Blütenstraße bringe es ihr bei ...

Nemo schnarchte leise neben mir. Müdigkeit kroch auch in mir hoch. Ich fing nur noch Wortfetzen auf. Mutti. Bodo der Dobermann. Lions Club. Karin. Marco. Alles gaaanz harmlos. Sammelt auch Matchboxautos. Extrem verdächtig ... blablablabla ... Ich schreckte noch mal kurz hoch, als Silke von den Nieten mit Doppelnullfaktor an dem denkwürdigen Abend im TomTom-True-Gewand berichtete und von ihrer inneren Einkehr und der Abkehr vom männlichen Geschlecht ... dann hörte ich nichts mehr, in der sicheren Überzeugung, nichts Wesentliches zu verpassen.

Mein dreizehnter Sinn weckte mich. Über den gleichmäßigen Fluß von Anjas und Silkes Stimmen hörte ich Schritte auf dem Bürgersteig, begleitet vom Klicken von Hundekrallen. Eine Stimme sagte: »Jetzt schau dir doch nur Bodolein an, Harald! Wie er zieht! Und sich aufregt! Wenn der dicke schwarze Kater sich raustraut, hat er aber Pech gehabt!«

»Aber nein, Mutti«, sagte eine männliche Stimme. »Ich hab Bodo doch sicher an der Leine.«

Wie der Blitz war ich vom Liegestuhl runter, kroch unter den Forsythienbusch und reckte den Hals. Im Schneckentempo angeschlichen kamen Bodo, Harald, Mutti und – Iris. Harald, der eine schwarze Sonnenbrille trug, hatte den verzweifelt vorwärts strebenden Köter an der Leine. Mit Interesse bemerkte ich, daß Bodoleins

Hals ein Würgehalsband aus Metall zierte. Da er nun so mächtig zog, quollen ihm beinah die Augen aus dem Kopf. Er atmete röchelnd; die lange Zunge hing ihm aus dem Maul. Zu Haralds Linken ging beschwingt Mutti, in einem grüngeblümten Sack und festen Wanderschuhen an den Füßen. Sie hatte sich bei ihrem Sohn eingehakt. Auf dessen anderer Seite hinkte, sich verzweifelt an seinem Ellbogen festklammernd, Iris. Sie trug ein kurzes blaues Kleid und an den Füßen Schuhe mit hohen spitzen Absätzen. Ihr Gesicht war schmerzverzerrt.

Harald sah besorgt zu ihr hinüber und sagte: »Ist ja nicht mehr weit. Gleich sind wir da, dann trinken Sie einen kleinen Sherry, und ich massiere Ihnen die Füße.«

»Das mach ich«, sagte Mutti entschieden.

Iris verdrehte die Augen himmelwärts, was weder Harald noch Bodo bemerkten. Harald war nämlich mit Bodo beschäftigt, und Bodo mit einer Entdeckung. Er hatte soeben einen bildschönen schwarzen Kater auf dem Bürgersteig ausgemacht, der in aller Ruhe dasaß und sich das Gesicht wusch. Man wird erraten, daß es sich dabei um meine Wenigkeit handelte. Kläff-kläff, da ist mein Abendessen, meldete Bodo und machte einen Satz nach vorn. Doch das Würgehalsband und Harald hatten ihn fest im Griff. Mitten im Schwung wurde er zurückgerissen, bis er auf den Hinterbeinen tänzelte. Ich wartete auf das Plopplopp, wenn Bodos Augäpfel aus dem Schädel springen und über den Asphalt rollen würden.

»Pfui, Bodo!« rief Harald gebieterisch. »Bei Fuß!«

»Oh, da ist ja Puschkin!« sagte Iris etwas verspätet. »Und Anjas Auto. Na so was!«

Es folgte ein ziemliches Durcheinander. Da ich gemütlich sitzenblieb, wo ich war, war Harald gezwungen, auf die andere Straßenseite zu wechseln, was bei Bodo beinah einen Herzinfarkt auslöste. Er bellte, knurrte, zerrte, was das Zeug hielt. Das lockte Anja und Silke herbei.

Mutti hatte sich vor mir aufgepflanzt und keifte: »Du böser, fetter Kater! Meinen armen Bodo so aufzuregen!«

»Ihr Glück, daß der Killerhund an der Leine ist. Sonst hätte ich ihn umgelegt!« fauchte Silke. »Ich hab nämlich eine 45er Magnum im Küchenschrank, daß Sie's nur wissen!«

»Haben Sie überhaupt einen Waffenschein?« schrie Mutti mit überkippender Stimme.

»Meine Damen! Meine Damen!« flehte Harald von der gegenüberliegenden Straßenseite.

Iris umarmte derweil Anja, hatte dabei aber ein wachsames Auge auf Silke und Mutti, die aussahen, als würde es gleich zum Kampf kommen. Mutti hatte das Kinn vorgeschoben und die Hände zu Fäusten geballt, Silkes Augen schossen Blitze. Sie öffnete den Mund. Da trat Iris schnell vor, legte eine Hand auf Muttis Schulter und schrie (um Bodos Gekläff zu übertönen) in ihr Ohr: »Ganz im Vertrauen: Frau Schneider hier arbeitet für den Geheimdienst.«

Mutti schaute verwirrt von Iris zu Silke, dann hinüber zu Anja. Die hatten todernste Mienen aufgesetzt. Kein Muskel zuckte in ihren Gesichtern. Einen Moment lang herrschte Stille, weil Bodo erst wieder zu Atem kommen mußte. Mutti räusperte sich, konzentrierte sich auf Iris (schwächere Naturen wären unter diesem Blick zweifellos tot zu Boden gesunken) und fragte: »Stimmt das wirklich, Frau Wächter?«

Iris nickte feierlich. Dann beugte sie sich zu Mutti hinunter und flüsterte: »Ich sage nur: Operation Schwarzer Panther. Aber behalten Sie's um Gottes willen für sich, Frau Kleinschmitt. Menschenleben stehen auf dem Spiel!«

Mutti nickte mit großen Augen. Nervenzerfetzendes Gekläff setzte wieder ein.

»Mutti! Iris!« rief Harald. »Laßt uns um Himmels willen endlich weitergehen!«

Mutti warf der versammelten Gesellschaft einen letzten Blick zu, der auf mir besonders lange haftete, dann setzte sie sich in Bewegung und überquerte die Fahrbahn.

»Harald?« rief Iris.

»Ja?«

»Ich komm doch nicht mehr mit. Ich muß was Wichtiges mit Frau Zettel besprechen. Es geht um eine Operation.«

Mutti, mitten auf der Straße, zuckte zusammen und drehte sich um. Wie auf Kommando legten Iris, Anja und Silke den Finger an die Lippen. Mutti nickte und ging weiter.

»Ich ruf Sie morgen an!« schrie Harald noch, dann hatte sich Mutti bei ihm eingehakt und zog ihn vorwärts.

Ich hatte meine Toilette beendet. Anja, Silke und Iris standen mit dem Rücken zur Straße da, damit man ihre Gesichter nicht sah, hatten die Arme umeinandergelegt und krümmten sich vor Lachen.

»Oooh!« japste Silke und wischte sich über die Augen. »Das war filmreif!«

Das fand ich auch. Tja, ihr Lieben, schnurrte ich stolz, Rache ist Dosenmilch. Bodolein hatte jetzt sicher mächtig Halsschmerzen.

11

Als ich nach Erledigung eines bestimmten Geschäftes zurück auf die Terrasse kam, saßen Silke, Anja und Iris vor gefüllten Gläsern am Tisch. Anja rauchte und erzählte von Gert und der Verlobung in München. Ich schaltete sogleich auf Durchzug. So spannend war die Geschichte nun doch nicht gewesen, daß ich sie zweimal hintereinander hören mußte. Doch Silke, die vorgebeugt dasaß, mit glänzenden Augen und leicht geöffneten Lippen, konnte offenbar nicht genug kriegen. Wahrscheinlich hoffte sie, daß nun noch Karin auftauchen und die Romanze ein drittes Mal durchgekaut werden würde. Iris lauschte ebenfalls hingerissen. Sie spielte mit einer Haarsträhne, dabei bewegte sie sacht ihre nackten Füße, die in einer wassergefüllten Schüssel steckten. Homo sapiens ist ja durchaus für Sauberkeit, die allerdings mit einer mir völlig unverständlichen Vorliebe für das feuchte Element verbunden ist. Es müßte einem einigermaßen gelenkigen Menschen doch möglich sein, sämtliche Körperteile mit der Zunge zu reinigen!

Anjas Schuhe mit den spitzen Absätzen lagen vor dem Liegestuhl, auf dem immer noch Nemo schlummerte. Ich sprang hoch und rollte mich ein gutes Stück von ihm entfernt zusammen. Er blinzelte, gähnte und streckte sich. Wenn Eduard dagewesen wäre, hätte er ihn in den fetten, milchgefüllten Bauch beißen können. Rein theoretisch, da Eduard ja zu rein gar nichts nutze ist.

»Und ihr seid natürlich Brautjungfern. Und Karin!« schloß Anja und drückte ihre Zigarette im Aschenbecher aus.

»Die platzt, wenn sie erfährt was sie heute alles verpaßt hat«, sagte Silke. »Zumal«, fuhr sie mit einem Zwinkern zu Iris hinüber fort, »Iris uns sicher auch was Interessantes zu berichten hat!«

Ich spitzte die Ohren.

Iris wurde rot. »Ich? Wieso? *Ich* hab mich nicht verlobt!«

Silke beugte sich vor und tätschelte ihre Hand. »Tss, tss, tss. Gestern die erste Tennisstunde gehabt. Bei Harald. Und heute mit Harald, Bodo und Mutti durch den Forst gestapft und sich vier Blasen gelatscht. Na, wenn das keinen Neuigkeitswert hat ...«

Iris, immer noch ziemlich rot im Gesicht, zog ihre Hand weg. »Ich hab gleich zu Harald gesagt, wir sollen auf dem Rückweg hintenrum gehen. Damit wir nicht an diesem Haus vorbeimüssen.«

»Aber dann wärst du nicht in den Genuß von Anjas Verlobungsgeschichte gekommen«, erwiderte Silke sanft. »Von ihrem Schampus ganz zu schweigen.«

Anja grinste von einem Ohr zum anderen. »Komm, sei nicht kleinlich, Iris-Maus«, schnurrte sie. »Laß uns teilhaben an deinem jungen Glück.«

»Genau«, meinte Silke und trank einen Schluck, wobei sie Anja zuzwinkerte.

Iris' Füße in dem Bottich plätscherten hektisch. Sie sah von Silke zu Anja und wieder zurück. Sie gemahnte in diesem Augenblick tatsächlich an eine Maus zwischen zwei hungrigen Katzen. Fehlte nur noch, daß sie anfing zu fiepen.

»Also, es gibt ja auch so was wie Privatsphäre«, muckte sie auf. Mutige Maus. Zeigte die Zähne.

»Nicht bei uns«, gab Silke zurück.

»Genau. Schließlich sind wir beste Freundinnen«, bestätigte Anja, der vor noch nicht allzu langer Zeit die Lippen versiegelt und die Hände gebunden waren, als es darum ging, ihren besten Freundinnen Einblick in ihre Privatsphäre zu gewähren.

Silke und Iris warfen ihr einen langen Blick zu. Sie hatte den Anstand, rot zu werden. Ein interessantes Phänomen übrigens, das Rotwerden bei Homo sapiens. Gar nicht auszudenken, wenn es bei Felis silvestris catus eintreten würde. Dann müßte ich gelegentlich ja mit der gleichen Fellfarbe wie Nemo herumlaufen!

»Karin ist nicht da«, kam es lahm von Iris.

»Das hat dich eben auch nicht gestört«, sagte Silke.

Anja nickte eifrig.

Iris seufzte. »Ihr gebt ja keine Ruhe.«

»Da hast du verdammt recht«, stimmte Silke zu.

»Aber ihr werdet euch schrecklich langweilen!«

»Das laß nur unsre Sorge sein«, meinte Anja.

»Also gut. Was soll's. Ich rolle also gestern Schlag vierzehn Uhr im Tennisclub an, bewaffnet mit Tennistasche, Schläger und allem Pipapo ...«

»Tennistasche? Schläger?« warf Anja ein.

Iris wurde schon wieder rot. »Von früher. Hatte ich noch bei meinen Eltern im Keller stehen«, murmelte sie.

»Soso«, machte Silke. »Eine komplette Tennisausrüstung findet sich also bei jemandem, der genausoviel Ballgefühl hat wie 'ne Gipsfigur und so schnell läuft wie 'ne Weinbergschnecke! Das hat jedenfalls der olle Knebel früher immer im Sportunterricht gesagt.«

»Ach der! Der hatte mich doch bloß auf dem Kieker, weil die Jungs ewig auf meinen Busen geschielt haben!«

»Weil du keinen BH angezogen hast«, ergänzte Anja.

Iris seufzte. »Na gut. Ich war im Sportgeschäft und habe mich beraten lassen. Konnte doch schlecht barfuß auf dem Platz antanzen und den Ball mit der Hand schmettern, oder?«

Silke und Anja stimmten zu, daß das kein gutes Bild abgegeben hätte.

»Also. Ich komm angerauscht. Harald, schon im Tennisdreß, sitzt auf der Terrasse vorm Clubhaus und betrachtet gebannt schwitzende Gestalten, die sich auf den Plätzen abmühen. Er springt auf, als er mich sieht, strahlt aus allen Knopflöchern, drückt meine Hand so fest, daß ich denk, gleich fällt sie ab. Zeigt mir die Umkleidekabine für die Damen. Bewundert, als ich rauskomme, mein Outfit, wobei ihm fast die Augen aus dem Kopf fallen. Das Röckchen geht ja kaum über die Pobacken, und das Shirt ist knalleng. ›Monica-Seles-Style‹, hatte der Verkäufer im Sportgeschäft gesagt. ›Alles zwei Nummern zu klein, das trägt man jetzt so, und *Sie* können sich das ja leisten bei Ihrer Figur!‹ ›Mag schon sein‹, sag ich, ›aber Ihre Preise, die kann ich mir nicht leisten. Ich bin Textilfachverkäuferin und im Einzelhandel beschäftigt.‹ Hat er mir fünfundzwanzig Prozent auf den ganzen Klimbim gegeben, weil ich damit einverstanden war, daß er mir so 'nen Flicken mit dem Logo von seinem Laden auf den linken Busen bügelt ...«

»Hast du in dem Hemd dringesteckt, als er gebügelt hat?« erkundigte sich Silke interessiert.

Iris tippte sich mit dem Finger an die Stirn und fuhr fort: »Ich sah jedenfalls ziemlich gut aus, wie Harald und ich auf den Platz schreiten, den er für uns reserviert hat. Rechts und links gucken die Leute, auch auf meinen Schläger, einen ›Prince‹. Das, will ich euch Ignorantinnen erklären, ist ein Schläger mit extra großem Kopf. So was haben die meisten Klasse-Spieler. Sieht aus wie eine überdimensionale Bratpfanne. Ich hab die größte Bratpfanne genommen, die ich kriegen konnte in meiner Griffstärke, weil ich mir gedacht hab, da ist es wahrscheinlicher, daß man den Ball trifft. Na, und dann hat mir Harald gezeigt, wie man sich hinstellt und den Schläger hält und so. Er hat ziemlich geschwitzt und geschnauft, wie er meine Arme und Beine und den Rest in die Grundposition manövriert hat, obwohl's nun nicht so heiß war und die Tätigkeit doch so anstrengend nicht sein konnte. Dacht ich mir, der Mann hat nicht viel Kondition für einen Tennisspieler. Na, und dann sollte ich Vorhand üben. Ball seitlich aufplatschen lassen, Arm langsam durchziehen, druff. Muß sagen, die Bratpfanne war nicht groß genug. Ungefähr achthundertmal hab ich danebengeschlagen.

Harald ist lieb und geduldig. ›Immer auf den Ball gucken, Iris!‹ ruft er. Ich gucke und haue vorbei. Er seufzt, stellt sich hinter mich, führt meinen Arm. Hinten ausholen, durchziehen, plopp, schon ist der Ball überm Netz. Gut. Ich hole mächtig nach hinten oben aus, um mal ein Gefühl zu kriegen, welche Bewegungen möglich sind. Die Bratpfanne trifft auf Widerstand. Ein Schmerzensschrei. Au Backe, hab ich vergessen, daß Harald immer noch hinter mir … na ja. ›O sorry, Harald‹, ruf ich erschrocken. ›Hab ich Ihnen weh getan?‹

Er hält sich die Hand auf ein Auge, das andere tränt. ›Nein, nein‹, stöhnt er, ›nichts passiert. Ich leg mir nachher ein Steak drauf, das ist dann schon in Ordnung.‹ Wozu ich bemerken muß, daß die Heilkräfte von rohem Fleisch allgemein überbewertet werden. Haralds Auge ist fast zugeschwollen und blitzeblau …«

Ich konnte nur den Kopf schütteln. Wer legt sich denn auch ein Steak aufs Auge! So was Gutes gehört in den Magen, und zwar auf schnellstem Wege.

»Ach, deshalb hatte er eben die Sonnenbrille auf«, sagte Silke.

Iris nickte. »Ich wollt ja aufhören, weil mir die Sache so peinlich war, aber Harald hatte der Ehrgeiz gepackt. Wir üben weiter, aber ich treffe das blöde runde gelbe Ding ums Verrecken nicht. Es ist schlicht zu klein. ›Schau, Iris, das ist der Ball‹, sagt Harald aus sicherer Entfernung und hält so ein Teil hoch. ›Immer drauf gucken, und dann …‹ Pusch, wieder daneben. ›Macht nichts‹, ruft Harald. ›Wir üben was andres. Ich spiel dir ganz locker einen Ball zu, du versuchst, ihn zurückzuschlagen‹. Er zeigt mir noch mal alles, Beinarbeit und so, sein Auge sieht nicht gut aus. ›Harald‹, sag ich, ›sollen wir nicht Schluß machen für heute?‹ ›Kommt nicht in Frage. Du willst es doch lernen, oder?‹

Ich strahle glücklich, weil er mich so ganz spontan duzt. ›Klar, Harald‹, sag ich, ›ich möcht doch gern richtig mit dir spielen können …‹

Also los!

Gut. Wir stellen uns auf. Ich auf der einen, Harald auf der anderen Seite vom Netz. Harald spielt an, ganz lokker. Ich seh den Ball kommen. Den Blick eisern drauf gerichtet, renne ich los. Zu schnell für den Ball. Wie ich nach vorn wetzte, flog er nach hinten, so was Dummes. Ich pralle in vollem Schwung gegen etwas, ein Blick nach unten verrät, es ist das Netz. Einfach lebensgefährlich, Sportlern so ein Hindernis mitten in den Weg zu stellen! Ich kreische erschrocken, schmeiße die Bratpfanne von mir, rudere mit den Armen, es gibt kein Halten mehr. Ich falle nach vorn übers Netz – direkt in Haralds Arme. Als reaktionsschneller Tennisspieler konnte er gerade noch rechtzeitig herbeigaloppieren, um mich aufzufangen. Leider sank er unter der Wucht des Aufpralls zu Boden. Ich landete auf ihm drauf. ›Uff‹, macht Harald erstickt. Wir starren uns in die Augen. Das heißt, ich starre in sein rechtes, das linke ist fast zugeschwollen. Er ringt sich ein Lächeln ab, das muß ich ihm lassen. ›Ach Harald‹, sag ich, ›das tut mir jetzt echt leid.‹ ›Nix passiert‹, murmelt er, ›du bist ja leicht wie eine Feder.‹ Tödlich verlegen rappel ich mich hoch. Per Zufall wandert mein Blick umher. An der Umzäunung vor dem Clubhaus stehen Leute und lachen. Die vier Typen rechts von uns, die Doppel gespielt haben, wiehern um die Wette. Die zwei Tussis links von uns gackern wie die

Hühner. Die Mummelgreise hinter uns winken mit den Schlägern und grinsen wie die Affen. Ich merke, wie ich rot werde. Die Hitzewelle fängt im Gesicht an und schwappt dann runter bis in die Zehenspitzen, die sich in den nagelneuen Tennisschuhen krümmen.

›Die Vorstellung ist zu Ende‹, ruft Harald in die Runde und kommt ächzend auf die Füße.

Am liebsten würd ich ein Loch in den roten Dreck unter meinen Schuhen buddeln und drin verschwinden.

Harald legt einen Arm um meine Schultern. ›Ist noch kein Meister vom Himmel gefallen‹, tröstet er. ›Für heute machen wir Schluß.‹ ... Kommt schon. Lacht ruhig. Tut euch keinen Zwang an!« Letzteres sagte Iris zu Anja und Silke, die sich auf die Lippen bissen und beinahe platzten.

Erleichtert kicherten die zwei los. Zu Iris' Ehre sei gesagt, daß sie mitkicherte.

»Jetzt kann ich auch drüber lachen«, sagte sie, als sich alle wieder beruhigt hatten.

»Das ist die Hauptsache!« sagte Anja und zündete sich eine Zigarette an.

»Na, und dann? Was war dann?« fragte Silke.

»Wir haben geduscht und uns umgezogen. Dann hat Harald mich zu Kaffee und Kuchen auf der Terrasse eingeladen. Ich hab Käsesahnetorte und ein Kännchen Kaffee bestellt. Harald einen dreifachen Cognac und ein rohes Steak.«

»War das alles?« kam es enttäuscht von Anja.

Iris seufzte. »Nicht ganz. Dann kam Mutti.«

»Was?« kreischten Silke und Anja wie aus einem Mund.

»Harald hatte sich grad das Steak aufs Auge gelegt, drüber ein Taschentuch. Reicht mir einen Schlips rüber – ›Kenzo‹, reine Seide, und sagt: ›Iris, sei so lieb und mach mir daraus einen Verband, damit ich nicht die ganze Zeit dieses eklige Steak festhalten muß‹. Das mach ich brav, obwohl es mir in der Seele leid tut um die edle Krawatte, denn garantiert wird ein bißchen Blut durchsickern und das Teil ist hin. Ringsum gucken wieder alle und grinsen, aber da steh ich jetzt drüber. Wenn die nix andres zu tun haben, als sich über einen kleinen Unglücksfall lustigzumachen, ist das deren Bier. Na, der Verband sitzt 1a. Ich setz mich wieder hin. Harald greift zum Cognac, kneift das gesunde Auge zu und stürzt das Gesöff in einem Zug runter. Und genau in dem Moment sagt ein dünnes Stimmchen hinter mir: ›Harald. Junge! Du bist ja verletzt!‹

Ich fahre herum. Da steht Mutti, feingemacht in einem lilageblümten Sack und Perlenkette. Harald schreit erschrocken: ›Mutti! Du hier!‹ Sie meint beleidigt, sie habe bloß gemütlich Kaffee trinken und ihm beim Tennisspielen zusehen wollen. Aber – schräger Blick auf mich – nun störe sie wohl?!

›Aber nein, natürlich nicht‹, beteuert Harald, rückt ihr den Stuhl zurecht, und bums, sitzt die alte Urschel da. Will wissen, was mit Haralds Auge passiert ist. Nun, meint Harald, er sei ein bißchen ungeschickt gewesen, habe sich den Schläger irgendwie draufgehauen …«

Iris stieß einen tiefen Seufzer aus und leerte ihr Glas. »Den Rest könnt ihr euch ja denken.«

»Wir? Wieso?« kam es von Silke.

»Ich weiß immer noch nicht, wie du vom Tennisclub

gestern heute in den Forst gekommen bist. Mit Harald, Mutti und Bodo«, meinte Anja.

Iris zog eine Grimasse. »Mutti bestellt Käsesahnetorte und Kaffee Hag. Fährt den ersten Bissen ein, verzieht das Gesicht. Sagt: ›So was nennen die Käsesahnetorte. Frechheit!‹ Schiebt Harald den Teller rüber. ›Jetzt probier du doch mal, Harald.‹ Harald tut's. ›Deine ist besser, Mutti‹, meint er diplomatisch. ›Natürlich ist meine besser, ich nehme ja nur frische, beste Zutaten, nicht so ein Fertigzeug wie die hier.‹ Ich werfe schüchtern ein, daß ich die Torte nicht übel finde. Da bleckt Mutti die Zähne (sollte wohl ein Lächeln sein), schaut mich schräg von der Seite an und sagt: ›Morgen kommen Sie mal zu uns zum Kaffee. Und essen eine richtige Käsesahnetorte!‹ Harald verschluckt sich fast an seinem zweiten Cognac. Ich erstarre, suche krampfhaft nach einer Ausrede. Da legt Mutti die Hand auf meinen Arm. ›Ach bitte, Frau, äh‹ – ›Wächter‹, murmele ich automatisch – ›Frau Wächter. Tun Sie einer alten einsamen Frau doch den Gefallen.‹

Ich schiele rüber zu Harald. Der strahlt und sagt: ›Eigentlich wollte ich ja morgen mit Iris raus zum Golfplatz ... aber da ihr euch so gut versteht ... Also, Iris, Muttis Torte ist wirklich die beste weit und breit. Die darfst du dir nicht entgehen lassen.‹«

»Und? Stimmt's?« fragte Anja grinsend.

Iris stöhnte und rollte mit den Augen. »Klar stimmt's! Aber der Rest ... dieses spießige Wohnzimmer mit der Schrankwand und den Schondeckchen überall ... Die Kaffeekanne mit dem Tropfenfänger!«

»Und Mutti ...«, flocht Silke mit seidenweicher Stimme ein.

»Und Mutti«, bestätigte Iris. »Redete die ganze Zeit. Von Vati selig, vom Krieg, vom Versandhaus »Quelle«, sooo günstig und Lieferung frei Haus. Dann wollte sie spazierengehen. Nur ein Viertelstündchen zur Verdauung, das habe sie früher jeden Sonntag mit Vati selig gemacht. Sie guckte so traurig, als sie von Vati sprach, da konnte ich glatt nicht nein sagen. Und was hatte ich davon? Einen Gewaltmarsch von anderthalb Stunden, ein Paar ruinierte Schuhe und vier Blasen an den Füßen!«

Mitleidheischend blickte sie in die Runde. Silke zuckte nur mit den Schultern. »Ich hab dich gewarnt«, bemerkte sie ungerührt. »Gegen Mutti kommst du nicht an.«

Iris schob das Kinn vor. »Pah!« sagte sie. »Wär doch wohl gelacht!«

»Wollen wir wetten?« fragte Silke und streckte die Hand aus.

Iris streckte ebenfalls die Hand aus. »Einverstanden. Um was?«

»Eine Flasche Champagner, daß du Harald binnen vier Wochen sausen läßt – wegen Mutti.«

Und ich setze hundert Fischköpfe, Silke – blind!

Iris zögerte kurz. Dann schlug sie ein. »Und ich wette, daß Harald und ich in vier Wochen fest zusammen sind. Mit allem Drum und Dran!«

»Topp!« rief Silke.

Die drei prosteten sich zu. Der Pegel der zweiten Champagnerflasche stand auf Null. Schweigen herrschte am Tisch, alle starrten ins Leere und schienen ihren Gedanken nachzuhängen.

Plötzlich sagte Anja, die Augen auf ihren Funkelstein

geheftet: »Bist du eigentlich verknallt in Harald? So richtig über beide Ohren?«

Iris zuckte zusammen und riß die Augen weit auf. »Gott, hast du mich jetzt erschreckt!«

»Jetzt sag doch mal«, bat Anja mit ungewohnt ernstem Gesicht. »Bist du?«

»Verknallt? Bis über beide Ohren? In Harald? Darüber hab ich überhaupt noch nicht nachgedacht … Ich find ihn aber unheimlich süß und so …«

Anja drehte schweigend ihren Verlobungsring hin und her.

Da sagte Silke auf einmal leise: »Aber Liebe auf den ersten Blick … so peng, wumm, hin und weg … das ist es nicht, oder?«

Worauf Anja und Iris ihr einen mitleidigen Blick schenkten und wie aus einem Mund riefen: »Aber Schnucki! So was gibt's nun wirklich nur im Film!«

12

Wie nicht anders zu erwarten, stürzte sich Anja Hals über Kopf in die Vorbereitung ihrer Hochzeit, die in fünfzehn Monaten stattfinden sollte. Sie wisse gar nicht, wie sie alles schaffen solle in so kurzer Zeit, stöhnte sie jedesmal, wenn sie anrief, um einen Zwischenbericht über den neuesten Stand der Planungen abzugeben. Silke steuerte unermüdlich wertvolle Anregungen bei: »Natürlich mußt du deine Großtante/Großcousine/Schwippschwägerin Berta/Anna/Rosemarie nicht extra aus Berlin/Bochum/Pusemuckelheim einfliegen lassen, wenn ihr euch zum letzten Mal bei deiner Geburt/Taufe/Kommunion gesehen habt.«

Als Anja daraufhin unsicher einwandte, daß es im Prinzip ja nichts Besseres als eine große Hochzeit gebe, um erschlaffte Familienbande wieder zu straffen, versicherte Silke, daß man diesen Aspekt natürlich nicht außer acht lassen dürfe. Und ja, was den Brautstrauß anginge, fände sie Christrosen auch definitiv romantischer als Weihnachtssterne/Hyazinthen/Mimosen/Orchideen. Oder Hyazinthen duftender, Mimosen gelber, Orchideen edler, je nachdem, wohin Anjas schwankender Sinn gerade pendelte.

Sodann pflegte sich Silke zu erkundigen, wann Anja denn nun gedächte, ihren Verlobten endlich offiziell ihren besten Freundinnen vorzustellen. Bei einem netten Essen beispielsweise. Worauf Anja zurückgab, daß Karin und Iris ihr auch ständig damit in den Ohren lägen, Gert aber leider ein vielbeschäftigter Mann sei. Ein Unternehmer eben. Aber er arbeite hart an der Terminplanung. Damit mußte sich Silke zufriedengeben.

Iris arbeitete mindestens ebenso hart an Haralds Eroberung. Wie sich mir aus zahlreichen Telefonaten erschloß, war die Romanze schon weit gediehen. Es war Iris gelungen, allein mit Harald ins Restaurant und anschließend auf ein Glas Wein in eine Weinstube zu gehen. Man habe Händchen gehalten und sich geküßt und sich überhaupt wunderbar verstanden. Anschließend habe man bei Iris noch einen Espresso zu sich nehmen wollen. Vor der Haustür klingelte Haralds Handy. Mutti meldete einen akuten Migräneanfall, der Harald augenblicklich nach Hause trieb. Doch am nächsten Tag durfte Iris – Mutti hatte sich wieder erholt – Harald auf den Golfplatz begleiten (ein Golfball sei härter als ein Tennisball und ein Golfschläger ähnele keineswegs einer Bratpfanne) und sogar noch einmal eine Trainerstunde im Tennisclub absolvieren. Silke wollte wissen, ob Harald dieses Ereignis unversehrt überstanden habe. Iris ignorierte den Einwurf und sagte triumphierend: »Ich gewinn die Wette, wirst sehen! Kannst schon mal dein Sparschwein plündern und 'ne Flasche ›Pommery‹ besorgen!«

»Schaun wir mal«, gab Silke gelassen zurück. »Mutti

ist noch lange nicht aus dem Rennen, das glaub mal nur.«

Wo sie recht hatte, hatte sie recht.

Karin war auch äußerst beschäftigt. Silke hatte endlich aus ihr herausgequetscht, daß sie sich nicht nur täglich mit Marco traf, sondern daß ihre Gefühle ihm gegenüber vielleicht doch nicht ganz so kameradschaftlich waren.

»Natürlich ist er ein Mann!« bestätigte Karin eines Abends. Sie war auf einen Tee vorbeigeschneit und wollte anschließend mit Marco ins Kino.

»Sag ich doch!« kam es triumphierend von Silke. »Und deshalb ...«

»... muß ich noch lange nicht gleich mit ihm ins Bett hüpfen!« unterbrach Karin entnervt.

Das fand ich auch. Ich traute Karin ohne weiteres zu, daß sie im Notfall in der Lage war, auf Bäume zu klettern, um sich fitzuhalten.

»Nicht?« wollte Silke wissen.

Karin rührte so heftig in ihrer Tasse, daß der Tee überschwappte, und erkundigte sich, was das denn schon wieder heißen sollte.

»Stinkt er?« erkundigte sich Silke freundlich. »Ist er impotent?«

Karin grinste und steckte ein Stück Kandiszucker in den Mund. »Natürlich nicht!«

Silke grinste zurück. »Also hast du doch!«

Karin wurde rot, ich sah es mit Interesse. Sie beugte sich vor, um Nemo, der zu ihren Füßen lang ausgestreckt auf dem Teppich lag, am Bauch zu kraulen, und murmelte: »Nein. Nicht richtig. Noch nicht.«

»Ahaaaa!« krähte Silke. Um sachlich hinzuzufügen: »Wann?«

Karin kam wieder hoch, noch röter im Gesicht, und gestand: »Am Wochenende wollen wir zusammen wegfahren. Nach Holland. An die See. Campen. Mit Eduard.«

Oh! Durfte ich wagen zu hoffen, daß ein Haifisch Eduard zum Frühstück verspeisen würde?!

Silke strahlte übers ganze Gesicht. »Endlich tut sich mal was! Ich hab mir schon Sorgen gemacht.«

»Wieso denn das?« wollte Karin verblüfft wissen.

»Na ja … du bist verknallt bis über beide Ohren, das sieht ein Blinder. Und lügst wie gedruckt, die ganze Zeit.« Sie sagte in Karin-Tonfall: »Nein, Silke, Marco ist bloß ein guter Kumpel!« Sie senkte die Stimme und fuhr fort: »Mir kannst du nichts vormachen!«

Karin lachte. »Nein?«

»Nein«, gab Silke voller Befriedigung zurück. »Ich kenn dich doch. Seit 15 Jahren.«

Wie auf Stichwort sprudelte Karin plötzlich über. Zwischen ihr und Marco sei es gewesen wie in diesem alten Lied: tausendmal gesehn, tausendmal berührt, nix passiert. Und dann, als sie eines Nachmittags einträchtig in den Eingeweiden von Marcos Mini wühlten – wumm! Auf einmal lagen sie sich in den Armen, küßten sich eine halbe Ewigkeit lang. Marco sei genau der Mann ihrer Träume: Er liebe Kinder und Hunde. Verstünde was von Autos, klar. Sei ein total guter Kumpel. Man könne mit ihm über alles reden. Und unheimlich zärtlich sei er und, sie gebe es zu, sexy.

»Und nur, weil er will, daß das erste Mal was ganz

Besonderes wird für uns, ist er noch lange nicht impotent!« empörte sie sich.

Silke grinste und angelte sich noch ein Stückchen Kandis. »Jetzt sag, warum du so ein Geheimnis um deine, ehm, Gefühle gemacht hast die ganze Zeit.«

»Weil«, gab Karin wie aus der Pistole geschossen zurück, »ich Angst hatte, alles wär zu schön, um wahr zu sein. So nach dem Motto: Wenn ich irgend jemandem erzähle, wie lieb ich ihn hab, ist's vorbei. Die Seifenblase platzt, und aus der Traum. Verstehst du?«

Silke rührte nachdenklich in ihrer Tasse und leckte dann den Löffel ab. »Hm«, meinte sie dann. »Und wenn ein Spiegel kaputtgeht, gibt's …?«

»… sieben Jahre Pech. Weiß doch jeder«, winkte Karin ab.

Silke zog die Augenbrauen hoch. »Gehst du unter einer Leiter durch?«

»Klar. Wenn's nicht zu vermeiden ist.«

»Wie sieht's mit vierblättrigen Kleeblättern aus?«

»Ich hab eins im Portemonnaie … bin aber trotzdem ständig klamm.«

»Und schwarze Katzen?« wollte Silke interessiert wissen.

Karin grinste. »Bringen tierisch Glück! Weiß auch jeder!«

Das will ich doch meinen, Karin!

»Weißt du, was *mir* am meisten Glück gebracht hat?«

Silke verneinte.

»Dieses tolle TomTom-True-Kleid! Von da an ging's steil bergauf!«

»Bei mir nicht. Leider«, murmelte Silke und zermalmte knirschend ein Kandisstückchen zwischen den Zähnen.

»He, Schnucki … von nichts kommt nichts! Raff dich endlich auf«, mahnte Karin und tätschelte Silkes Hand. »Neues Spiel, neues Glück!«

»Nix«, gab Silke zurück. »Ich spiel nicht mehr mit. Basta.«

Als Karin gegangen war, setzte sich Silke aufs Sofa und zog mich auf ihren Schoß. Ich witterte den Hauch einer erneuten Sinnkrise und fing vorbeugend an zu schnurren.

»Ach, Puschkin, wenn ich dich nicht hätte«, sagte Silke gleich, was immer ein guter Anfang ist. »Und Nemo«, fuhr sie mit einem liebevollen Blick auf die schäbige rote Pelzkugel fort, die da unter dem Sessel vor sich hin döste. Pah! Schnurrte *Nemo* vielleicht auf ihrem Schoß?! Spendete er Trost? Machte er sich Gedanken um Silkes Schicksal? Hundekuchen! Sein Dasein beschränkte sich auf fressen, spielen, schlafen … ach, lassen wir das.

Silke stieß jetzt einen tiefen Seufzer aus und verkündete: »Ich freu mich für Karin. Ehrlich. Und für Anja, Hand aufs Herz. Und für Iris, auch wenn's mich 'ne Flasche ›Pommery‹ kostet. Aber weißt du was?«

Ich streckte mich unter ihren streichelnden Fingern und zuckte mit den Ohren.

»Statistik ist einfach Scheiße!«

Mitten in der Nacht wurden wir unsanft aus dem Schlaf gerissen. Jemand klopfte von außen ans Schlafzimmerfenster, eine bekannte Stimme rief unterdrückt: »Silke! Silke, wach auf!«

Silke schoß erschrocken aus dem Bett, wobei sie mich fast plattgewalzt hätte, stieß sich im Dunkeln einen Zeh am Bettpfosten und humpelte fluchend zum Fenster. Kurbelte die Jalousie hoch, rief: »Anja?! Bist du das?«

»Ja. Mach auf. Bitte!« Das Bitte hatte geklungen wie ein Schluchzen. Nemo sprang aufs Fensterbrett und preßte die Nase gegen die Scheibe. Silke schob ihn beiseite und öffnete einen Fensterflügel. Draußen stand Anja, mit einem Gesicht so bleich wie der Mond, der ins Schlafzimmer schien. Sie trug ein langes weißes Gewand und erinnerte mich lebhaft an das Geschöpf, das kürzlich im Fernsehen von einem gewissen Graf Dracula in einen Blutsauger verwandelt worden war. Nur der rote Rucksack, der über einer Schulter hing, und der Autoschlüssel in der Hand paßten nicht ganz ins Bild.

»Mensch, Anja«, flüsterte Silke. »Was machst du denn hier draußen um diese Zeit? Noch dazu im Nachthemd? Du hast mich zu Tode erschreckt!«

»Läßt du mich rein?« fragte Anja kläglich.

Das hatte die frischgebackene Vampirfrau auch gefragt, als sie des Nachts ans Fenster ihres Männchens klopfte, um ihm das Blut auszusaugen! Auch Silke schien sich an den Film zu erinnern, denn sie wich unwillkürlich einen Schritt zurück und schlug ein Kreuz in die Luft. Anja fauchte weder (mit gebleckten Reißzähnen), noch stieß sie einen schrillen Schrei aus. Sie sagte bloß kopfschüttelnd: »Silke. Hast du sie noch alle?«

Silke grinste verlegen und räusperte sich. »Ich … äh, ich geh mal die Tür aufmachen.«

»Nicht nötig.« Anja warf Schlüssel und Rucksack auf Silkes Bett, raffte ihr langes Nachthemd hoch und kletterte durchs Fenster. Ihre Füße waren nackt, die Zehenkrallen rot lackiert. Das fiel mir auf, weil Nemo ihr, kaum daß sie im Zimmer stand, um die Beine strich.

Silke wedelte mit der Hand vor Anjas Augen hin und her und fragte: »Bist du eigentlich wach?«

Das brachte Leben in Anja. »Klar bin ich wach!« fauchte sie. »Denkst du, ich schlafwandle von meiner Wohnung bis hierher? Laß dir gesagt sein: ich bin so wach, wacher geht's überhaupt nicht! Mir sind nämlich die Augen geöffnet worden!«

Worauf Silke vorschlug, einen Pfefferminztee zu trinken. Zur Beruhigung.

»Cognac!« orderte Anja, schnappte sich ihren Rucksack vom Bett und stelzte aus dem Zimmer. Ich, Silke und Nemo folgten ihr auf dem Fuße.

Anja saß, in Silkes zweite Bettdecke gewickelt, auf dem Sofa. Sie hatte ein Glas mit Cognac in der Hand, schwenkte es sachte und betrachtete die hin- und herschwappende goldbraune Flüssigkeit. Silke hockte auf dem Sessel, vor sich einen Becher mit Pfefferminztee. Ich lag auf meiner Decke, von wo ich alles gut überblicken konnte.

»Ich hab ihn rausgeschmissen, weißt du«, sagte Anja.

»Mhm«, machte Silke ermutigend. »Willst du … äh, ich meine, willst du drüber reden?«

Anja starrte sie an. »Natürlich will ich drüber reden! Meinst du, ich würde nachts um zwei an dein Schlafzimmerfenster hämmern, wenn ich nicht drüber reden wollte?«

»Ehm, ja …«, sagte Silke. »Warum hast du eigentlich nicht geklingelt?«

Anja nippte an ihrem Glas und meinte mit einer müden Handbewegung: »Weil ich mir gedacht hab, du hörst die Klingel nicht.«

»So«, machte Silke nur. Und wartete geduldig. Nemo sprang mit einem Satz auf Anjas Schoß und rollte sich zusammen. Anja streichelte ihn, worauf er sich herabließ, den Motor anzustellen. Anjas Augen füllten sich mit Tränen. »Ich glaub, ich schaffe mir auch 'ne Katze an«, sagte sie leise.

»Im Tierheim haben sie einen Wurf schwarz-weiße. Vier Monate alt …«, kam es von Silke. »Wenn du willst, fahren wir morgen mal hin.«

Anja nickte und schniefte. Dann trank sie den Cognac in einem Zug aus, schüttelte sich und stellte das Glas auf den Couchtisch. Sie griff sich ihr Zigarettenpäckchen. Klick, machte das Feuerzeug. Sie zog den Rauch tief ein und blies ihn zur Nase wieder heraus. »Heut abend war er da«, fing sie an. »Gert. Er hat extra früher Schluß gemacht im Büro. Er muß was Wichtiges mit mir besprechen, hat er am Telefon gesagt. Sicher die Hochzeit, denk ich und bin happy. Endlich mal wieder ein ganzer langer Abend für uns! Und eine Nacht. Über eine Woche lang hatten wir uns nicht gesehen, weil er so viel zu tun hatte. Hab ich jedenfalls gedacht. Jetzt denk ich ganz was andres.«

»Ich dachte, du wohnst sozusagen schon bei ihm«, ließ sich Silke vernehmen.

»Von wegen!« sagte Anja. »Zwei-, dreimal war ich da. Das reichte mir voll und ganz. Das Haus ist so riesig, daß du dich drin verlaufen kannst. Es gibt eine Sauna, einen Swimmingpool und eine Bar wie im »Ritz«. Aber die Einrichtung! Alles weiß, wie im OP. Und ob du's glaubst oder nicht, ich hatte die ganze Zeit das Gefühl, Gerts Exfrau in spe guckt mir über die Schulter. Und, was noch schlimmer war, liegt mit im Bett. Nee, danke. Wir wollten das Haus ja neu einrichten, zusammen, so nach und nach. Damit es bis zur Hochzeit *unser* Haus ist ... Ich wollte gern rote Sofas und einen hellgrauen Teppichboden und schöne bunte Bilder an den Wänden, nicht so schwarz-weißes Zeugs ...« Sie schluckte und wischte sich über die Augen. »Hast du noch 'nen Cognac?«

Silke schenkte schweigend nach. Anja trank einen Schluck und zog eine Grimasse. Wenn das Getränk so schmeckt, wie es riecht, konnte ich es ihr nicht verdenken.

»Er kommt also an. Hatte 'nen Strauß Chrysanthemen dabei. Ich kann Chrysanthemen nicht ausstehen. Außerdem find ich rote Rosen für eine Braut passender. Sag ich scherzhaft: ›Gert. Weißt du eigentlich, daß meine Mutter die Dinger immer an Allerheiligen der Oma aufs Grab legt?‹

Zuckt er zusammen. Legt eine umständliche Erklärung hin, daß Chrysanthemen schon seit Jahrhunderten japanische Poeten zu unsterblichen Herbstgedichten inspirieren. Diese edlen Blüten wären definitiv zu schade für den Kirchhof! Hoppla, denk ich, jetzt hab ich ihn beleidigt. Ich sage: ›Also, das hab ich nicht gewußt. Und ich freu mich ja über alles, was du mir schenkst! Jetzt setz dich mal und trink ein Glas Wein. Ich hab auch ein bißchen Schinken gekauft und Käse und Weißbrot, und zum Nachtisch gibt's Vanillepudding, den ißt du doch so gern.‹

Er kann nichts essen, er hat's irgendwie am Magen. Aber den Wein, den verträgt er, gießt sich ein Glas auf einen Rutsch hinter die Binde. Holt tief Luft, sagt: ›Anja. Meine Frau ist zu mir zurückgekommen.‹

Ich verschlucke mich so an meinem Wein, daß ich denk, mein letztes Stündlein hat geschlagen. Gert springt auf, klopft mir auf den Rücken und quasselt dabei auf mich ein, als gäb's für jedes Wort hundert Mark. Raus kommt folgendes: Nicht er hat seine Frau verlassen (wie er behauptet hat), sondern sie ihn. Ist mit einem jungen Kerl abgehauen nach Sylt, wo sie ein Haus hat. Gert kennt den Typ: Achtundzwanzig ist er, Hannelores Tennislehrer. Gebaut wie Boris Becker. Nix in der Birne, aber dafür kann er bestimmt sechsmal die Nacht. Denkt Gert und ist am Boden zerstört. Seine Hannelore krallt sich mit fünfzig so einen Hengst und haut ab! Wie er so am Boden zerstört ist, fällt ihm seine Liebe zu Anja ein. Es folgt die Szene im Laden, in der er die Tatsachen nur ein kleines bißchen korrigiert, damit Anja nicht schlecht von ihm denkt. Denn wer verlassen wird, zumal wegen 'nem jungen Kerl, steht immer da wie ein Volltrottel.

›Du hast mich angelogen‹, sag ich.

Nein, das könnte man so nicht sagen. Er habe wirklich gelitten wie ein Vieh.

Sag ich eiskalt: ›Aber nicht meinetwegen. Sondern wegen deiner Hannelore.‹

Beteuert er, daß das so nicht stimmt. Er liebt mich.

Ehrlich. Und er habe mich auch heiraten wollen. Ehrlich. Und die Scheidung habe er auch einreichen wollen.

›Was?‹ kreisch ich. ›Wir sind verlobt, planen unsere Hochzeit, und du hattest die Scheidung noch gar nicht eingereicht?!‹

›Nein, aber beinahe. Aber letzte Woche kam doch Hannelore zurück ...‹

›Letzte Woche?!?‹ schreie ich. ›Da haben wir uns Sofas angeschaut! Und Vorhänge fürs Schlafzimmer!‹

Er macht ein Schafsgesicht. ›Das war Dienstag‹, sagt er. Mittwoch abend um zehn – er ist grad völlig erledigt von der Arbeit gekommen und verspeist hungrig ein paar Spiegeleier mit Speck – steht sie auf der Matte. Mitsamt ihren dreiundzwanzig Gepäckstücken. Ist braungebrannt, sieht aus wie's blühende Leben.

›Kein Wunder‹, sag ich boshaft, ›wenn sie's monatelang sechsmal die Nacht mit 'nem jungen Hengst getrieben hat.‹

Er zuckt zusammen. Flüstert: ›Das hab ich jetzt wohl verdient.‹

›Und ob!‹ sag ich. Ich war so wütend, ich hätte ihm am liebsten den Hals umgedreht. Aber meine Finger zitterten so arg, ich wär von seiner Gurgel abgerutscht.

Er quasselt weiter. Ich dampf das jetzt mal ein, sonst sitzen wir in drei Tagen noch hier. Also: Sechsmal die Nacht hat der ollen Zicke nicht gereicht. Sie vermißte: Gerts innere Werte, seine Intelligenz, seinen Charme. Ihr Haus. Ihre Arbeit. Ihre Freunde und Bekannten. Einfach alles.

›Ich komme zu dir zurück‹, sagt sie zu Gert. ›Gut, ich hab einen Fehler gemacht. Aber du, mein Lieber, bist auch kein Unschuldslamm. Denk nur mal an die kleine Parfümverkäuferin ...‹

Kleine Parfümverkäuferin. Das tut weh, als ob Gert mir ein Messer ins Herz gestoßen hätte. Ich bin nicht mehr wütend, ich möcht nur noch heulen. Aber nicht vor dem Scheißkerl, nein. Den Gefallen tu ich ihm nicht!

Gert berichtet nun, daß er ihr erst glatt ins Gesicht gesagt hat, daß sie ihre dreiundzwanzig Koffer wieder ins Auto laden und zurück nach Sylt dampfen kann. Zu sehr hat sie ihn verletzt. Zum alten Eisen hat sie ihn geworfen, monatelang auf Sylt rumgebumst, ihn mit dem ganzen Schlamassel im Geschäft alleingelassen. Und dabei gehört ihr schließlich der Laden, Gert ist nur Angestellter, wegen der Steuer.

Das hör ich zum ersten Mal. Und Schlamassel auch.

›Schlamassel?‹ bring ich raus, meine Stimme hört sich kieksig an.

›Schlechte Auftragslage. Liquiditätsprobleme‹, gibt er zu und sieht auf einmal alt aus und müde.

Und dann sagt er: ›Sie hat mich auf Knien angefleht. Gebettelt hat sie.‹ ›Im Dezember haben wir silberne Hochzeit, Gert‹, schluchzte sie. ›So viele gemeinsame Jahre ... Glückliche Jahre! Wenn du mich nicht mehr willst, geh ich ins Kloster! Den Laden mach ich dicht, mein Geld überschreib ich der Kirche.‹

›Tja‹, sagt Gert leise und schaut auf seine Hände, die voller Altersflecke sind. Warum ist mir das nicht schon früher aufgefallen? Und warum benutzt er keine Handcreme mit Vitamin A?

Dann schaut er mich an, leidend wie ein Vieh, und

sagt: ›Ich könnte es nicht ertragen, daß sie sich lebendig in einem Kloster begräbt. Sie ist labil, verstehst du? Sensibel und labil … deshalb ist sie auch auf diesen jungen Kerl reingefallen.‹

Sensibel wie ein altes Krokodil und labil wie ein Panzer, denk ich.

Und ich? Ich bin eiskalt, bis in die Zehenspitzen. Und zähle zwei und zwei zusammen. O ja, die kleine Parfümverkäuferin kann rechnen.

›Gert‹, sag ich ganz ruhig. ›Wie ist es eigentlich um Hannelores Finanzen bestellt?‹

›Oh‹, sagt er, ›Hannelore ist noch an zwei anderen Computerfirmen beteiligt.‹

Sage ich seidenweich: ›Oh. Da kreisen ja gleich drei Pleitegeier über Hannelores Haupt.‹

Er schnaubt. ›Von wegen! Den zwei anderen Firmen geht's bombig. Und außerdem hat Hannelore geerbt, schon vor zehn Jahren. Ihr Vater war fast so reich wie Dagobert Duck.‹

Da sag ich: ›Raus hier, Gert. Auf der Stelle. Ehe ich anfange zu kotzen.‹

Er steht auf, schaut mich tieftraurig an. ›Es tut mir leid, Anja. Ehrlich. Bist ein prima Mädchen.‹

›*Raus!*‹ brülle ich. Nehme die Chrysanthemen aus der Vase und drücke sie ihm in die Hand. Gieße ihm auch noch das Blumenwasser über den Kopf. Er steht tropfnaß da, murmelt: ›Nur zu. Wenn du dich dadurch ein bißchen besser fühlst …‹

›*Raus!*‹ kreische ich ein letztes Mal. Frau Schmitt von nebenan bummert gegen die Wand. Er geht. Und das war's.«

Silke war aufgestanden und hatte sich neben Anja aufs Sofa gesetzt. Nahm ihr die fast verglühte Kippe aus den Fingern, drückte sie im Aschenbecher aus. Dann legte sie den Arm um Anjas Schultern.

»Ach, Anja. Es tut mir so leid …«, sagte sie leise.

»Mir auch. Aber ich sag mir: Mit einem, der seine Seele verkauft für Geld, der so lügt und betrügt … mit dem wär ich nicht glücklich geworden.«

Sie schniefte wieder und wischte sich mit dem Ärmel über die Augen.

»Stimmt«, sagte Silke.

»Als er weg war, fiel mir der Verlobungsring ein«, erzählte Anja weiter. »Ich hab überlegt, ob ich ihn ins Klo schmeißen soll. Oder in den Mülleimer. Ich hab ihn erst mal abgezogen und auf den Couchtisch gelegt. Dann ließ ich mir Badewasser einlaufen, weil ich am ganzen Körper gezittert hab. Außerdem kann ich in der Badewanne am besten denken. Während ich in Luxus-Bademilch rumplanschte, kam mir auch tatsächlich eine Idee. Den Ring schick ich Hannelore, dacht ich mir, zusammen mit einem Brief.«

Silke riß die Augen auf. »Was hast du geschrieben?« wollte sie wissen.

Anja grinste schwach, kramte in ihrem Rucksack herum, der vor ihr auf dem Boden lag, und förderte ein zerknittertes Stück Papier zutage. »Dieser Brief hat mich Stunden gekostet, das kann ich dir flüstern. Das ist die Endfassung, ich hab's dann noch mal ordentlich abgeschrieben.« Sie räusperte sich und las vor:

»Hannelore!
Ich nenne Sie jetzt einfach so, weil wir eine Geschmacksverirrung gemeinsam haben: Gert. Und weil ich finde, daß wir Frauen zusammenhalten sollen, liefere ich Ihnen frei Haus eine Information, die Sie sicher interessieren wird: Gert ludert rum, wo er kann. Und schenkt jeder Frau einen Brillantring. Zum Beweis schicke ich meinen mit. Ich brauche das popelige kleine Ding nicht mehr, weil mein Bräutigam mir einen lupenreinen Dreikaräter zur Verlobung geschenkt hat. Falls Sie sich also fragen sollten, wieso es Gerts Firma so schlecht geht: So ein Hobby geht ins Geld. Die Menge macht's!
Hochachtungsvoll
Eine von vielen«

»Wow«, machte Silke beeindruckt. »Hast du das schon losgeschickt?«

»Bin eben bei Gert vorbeigefahren und hab's samt Ring in den Briefkasten geschmissen.«

Sie lächelte Silke an, aber ihre Augen blieben traurig. »Sie wird ihm das Leben zur Hölle machen. Jeden Pfennig, den er ausgibt, kontrollieren. Hoffe ich jedenfalls.«

Silke seufzte. »Ein bißchen leid tut er mir schon. Weil er so ein Schlappschwanz ist.«

»Mir nicht«, sagte Anja hart. »Rache ist Blutwurst!«

Dosenmilch, Anja. Rache ist Dosenmilch, schnurrte ich.

Schlußbemerkung:

Anja übernachtete bei Silke. Sie hatte zuviel Cognac getrunken, und außerdem konnte sie ihre Wohnung im Moment nicht ertragen. Nicht, bevor der Fleck, den das Blumenwasser auf dem Teppichboden hinterlassen hatte, getrocknet war. An die Fotos von Gert und die vielen Papierbälle, auf denen die Variationen des Hannelore-Briefs verewigt waren, mochte sie auch nicht denken.

»Ich komme morgen mit zu dir und schmeiße alles weg«, versprach Silke. »Und wenn du willst, gehen wir anschließend ein Katzenklo kaufen. Und Streu. Und Futter. Dann fahren wir ins Tierheim und besorgen dir ein Kätzchen. Ja?«

»Ja!« sagte Anja. Und fing an zu weinen. Ich kroch unter Silkes Decke hervor, setzte mich auf Anjas Kopfkissen und schaltete mein unwiderstehlichstes Schnurren ein, damit sie aufhörte. Tränen gehen mir unter die Haut, wenn sie so warm und naß und salzig auf meinen Pelz tropfen ... Anja streichelte mich und weinte weiter. Silke schlüpfte zu ihr unter die Bettdecke und nahm sie in den Arm. Anja weinte noch ein bißchen weiter, dann schlief sie ein, eingelullt von meinem hypnotischen Brummen. Genau wie Silke. Ich ringelte mich neben dem Kopfkissen zusammen, um in der Nähe zu sein, falls meine Wunderwaffe noch einmal benötigt werden sollte. Nemo lag schon die ganze Zeit zusammengerollt am Fußende des Bettes und kümmerte sich um nichts und niemanden.

Typisch. Das Leiden der Menschen prallt an ihm ab wie ein Gummiball von einer Betonwand.

13

Ich hatte mit dem Läufer geplaudert. Leider nicht ungestört, da Nemo sich unbedingt einmischen mußte. Er war mir durch die Katzentür nach draußen gefolgt und hatte zuerst Kurs auf den Garten hinter dem Haus genommen. Um, als der Läufer und ich uns gerade herzlich begrüßt hatten, unvermittelt aufzutauchen und quäkend ums Joggerbein zu streichen.

»Na, du schöner Roter?« sagte der Läufer, um dessen Sinn für Ästhetik es an diesem Morgen schlecht bestellt zu sein schien. »Du bist aber groß geworden!«

Dieser Ausruf veranlaßte mich, Nemo scharf in Augenschein zu nehmen. Zum ersten Mal seit langem, da ich *mein* ästhetisches Empfinden ungern verletze. Was ich sah, ließ mich staunen: Als Silke Nemo aus dem Tierheim angeschleppt hatte, hatte er Wanderrattenformat besessen. Jetzt war er fast so groß wie der Zwergdackel von schräg gegenüber! Unter seinem steil in die Luft gereckten Schwanz machte ich zwei dicht nebeneinanderliegende, rotbepelzte Kugeln aus, ungefähr so groß wie Haselnüsse. Seltsam. Bei mir waren diese prallen Auswüchse nicht vorhanden. Wieso hatte er was,

was ich nicht hatte?! Und welchem Zweck dienten diese Kugeln?!

Während ich noch darüber nachdachte, beknabberte Nemo zärtlich die Finger des Läufers, rieb dann seinen Kopf an dessen Hand. Schleimer. Der Läufer, dem ich einen besseren Geschmack zugetraut hätte, lächelte entzückt. Da ich nun mal dabei war, nahm ich ihn auch näher in Augenschein. Er war ungefähr so alt wie Silke, ziemlich groß und schlank. Hatte braune Haare, blaue Augen. Und ein nettes Lächeln, so wie Ingo, aber keine vorstehenden Zähne. Ob er Silke wohl gefallen würde? Unversehens kam mir Walter, der Kleiderschrank, in den Sinn. Sven, die Schrankwand. Roger, der Sportlehrer. Martin, Michael, Klaus und andere, an deren Namen ich mich nicht mehr erinnerte. Sie waren groß oder klein, schlank oder kräftig, blond, dunkel oder kahlrasiert gewesen. Silke schien nicht auf einen bestimmten Typ festgelegt zu sein, so wie Anja, die nun mal eine Schwäche für reife Männchen mit grauen Schläfen hat, am liebsten frisch geschieden. Ob der Läufer eine Frau hatte? Ich streckte den Kopf vor und schnüffelte. Er roch nach sich selbst und – igitt – nach Nemo. Nicht nach Frau. Ganz sicher wohnte er allein. Er strich mir über den Rücken, kraulte Nemo kurz unter dem Kinn. Wünschte uns beiden einen schönen Tag und trabte davon. Nemo lief ein Stück hinter ihm her und verschwand in Nachbars Garten. Ich setzte mich hin und wickelte meinen Schwanz um die Vorderpfoten, um besser nachdenken zu können. Man stelle sich vor: zwei Vertreter von Homo sapiens. Ein Männchen (Läufer), ein Weibchen (Silke). Wie alle nackten Affen genetisch auf Paarbildung programmiert. Beide im Clinch mit der Lostrommel des Schicksals, denn wenn bei den Kerlen tausend Nieten auf einen Hauptgewinn kommen, warum soll es bei den Frauen nicht genauso sein? Und da lebten die beiden nur ein paar Häuser von einem potentiellen Volltreffer entfernt und wußten noch nicht einmal voneinander! Tja. Das Leben kann wirklich hart und ungerecht sein. Wer wußte das besser als ich, dem es einen Schleimbeutel mit einem geistigen Vakuum unter den Tütenohren ins Haus geweht hatte. Ich suchte mir ein schönes warmes Plätzchen in Nachbars Schuppen, um über die Unwägbarkeiten des Schicksals zu meditieren. Dazu gehörte auch die Tatsache, daß Nemo etwas hatte, was ich nicht hatte und seien es auch nur zwei nutzlose Pelzbällchen unter dem Schwanz. Vielleicht kam ja eine Maus vorbeigehuscht, und wir würden Gelegenheit haben, uns zu diesem Thema auszutauschen.

P.S. Es waren zwei. Sie schmeckten ausgezeichnet.

Silke und Anja tauschten sich auch aus, allabendlich am Telefon, und das stundenlang. Ich hoffte inständig, daß die kommende Telefonrechnung Silke nicht veranlassen würde, mir »Aldi«-Pampe statt Leckerdosen in feiner Jelly zu servieren. Das hatte sie ein paarmal gemacht, als sie knapp bei Kasse war, was ich ihr bis heute nicht verziehen habe. Aber ich weiche vom Thema ab, und Silkes und Anjas Thema Nr. 1 waren zur Abwechslung mal nicht die Kerle, sondern Katzen: Anjas schwarz-weißes Katzenpärchen aus dem Tierheim. Diese Wunderexemplare der Gattung Felis silvestris catus waren Balsam für Anjas wundes Herz.

»Sie freuen sich so, wenn ich abends heimkomme«, erzählte Anja eines Abends mal wieder begeistert. »Mauzen, streichen mir um die Beine, geben Köpfchen. Ringeln sich in meinem Schoß zusammen, schnurren, was das Zeug hält. Ich fühl mich richtig geliebt!«

»Ja ...«, antwortete Silke in einem Ton, der es für meine Begriffe an Begeisterung fehlen ließ. »Und trotzdem. 'Ne Katze ist kein Kerl. Irgendwas fehlt doch.«

Oh-oh. Aus diesen Worten sprach eindeutig Silkes unglückselige genetische Programmierung. Wochenlang hatte sie es geschafft, ihren angeborenen Zwang zur Paarbildung zu ignorieren, was ich ihr nie zugetraut hätte. Aber jetzt zeigten sich die ersten Anzeichen einer Krise. Und ich würde es mal wieder ausbaden müssen. Wetten?

»Ich denke, du hast mit Männern nichts mehr am Hut?« fragte Anja.

»Hab ich auch nicht«, behauptete Silke lustlos.

Worauf Anja in allen Einzelheiten über die Streiche ihrer süßen kleinen Stubentiger berichtete. Was mich so langweilte, daß ich darüber einschlief. Ich wurde erst wieder wach, als Anja sagte: »Heute war Karin im Laden. Hat Rasierwasser für ihren Marco gekauft. Schwebt auf lauter rosaroten Wölkchen, die Gute, aber echt.«

»Ja. Tut sie«, kam es müde von Silke.

Anja räusperte sich. »Iris war auch da. Hat Rasierwasser für ihren Harald gekauft. Er hat am Samstag Geburtstag. Sie wollen zu zweit allein feiern. Bei Iris!«

»Weiß ich doch schon längst«, murmelte Silke und gähnte.

»Schnucki!« rief Anja. »Du hörst dich irgendwie deprimiert an. Kann das sein?«

»Deprimiert? Ich? Aber woher denn«, leierte Silke. »Ich treff mich gleich mit Ingo und Tom. Im »Pink Panther«.«

Anja berichtete, daß sie gleich ein schönes heißes Bad nehmen und es sich anschließend mit ihren Lieblingen vor dem Fernseher gemütlich machen werde. Ein Film mit Richard Gere werde gezeigt. Ach, wenn der sich doch mal in die Parfümerie verirren würde! Oder, noch besser, ins Aerobic-Training, dann könne er ihren neuen Stringbody bewundern. Samt Inhalt.

»Schon wieder so ein Mummelgreis«, kam es von Silke. »Daß du immer noch nicht die Nase voll hast!«

Worauf ihr Anja versicherte, wo Leben sei, sei Hoffnung. Irgendwo in dieser Stadt warte ihr Traummann auf sie, und vielleicht würden sie sich schon morgen begegnen. Oder übermorgen. Silke schnaubte nur verächtlich. Anja seufzte und erkundigte sich, was Silke denn im »Pink Panther« anzuziehen gedenke?

»Vielleicht einen Müllsack. Fiele niemandem auf. Frauen guckt in dem Laden doch sowieso kein Mensch an.«

Anja fing an zu kichern. »Na, denn viel Spaß«, wünschte sie.

»Danke!« sagte Silke säuerlich und drückte auf die grüne Taste.

Sonntag, zwölf Uhr mittags. Silke, die am Abend zuvor auf einer Party bei Ingo und Tom gewesen war, stand im Bademantel in der Küche und brachte die Kaffeemaschine in Gang. Dann riß sie den Kühlschrank auf und spähte hinein. Rühreier, schnurrte ich von der Tür her.

Bestimmt hast du Lust auf Rühreier, Silke! Mit Schinken! Nemo, der neben mir saß, warf mir einen schrägen Blick zu. Fünfzig Fischköpfe, daß er wieder mal kein Wort verstanden hatte?

»Mmmh …«, meinte Silke nachdenklich. »Rühreier? Mit Schinken?«

Da hörte ich: *Die Eier nicht zu trocken, den Schinken schön knusprig braten. Und tu ordentlich Butter dran!*

Aaaah! Eine Geisterstimme in meinem Ohr! Vor lauter Schreck sprang ich mit allen vier Pfoten gleichzeitig in die Luft.

»Puschkin!« Silke lachte. »Was hat dich denn gestochen, hm?«

Nachdem ich wieder sicher gelandet war, wußte ich das auch nicht mehr so genau. Ich sah mich nach allen Seiten um. Alles war wie immer. Nur Silke, ich und Nemo in der Küche. Nemo leckte sich gelangweilt die Vorderfront. Die fremde, quäkende Stimme eben mußte ich mir eingebildet haben. Konnten Katzen an Paranoia erkranken? Oder an Schizophrenie?

Silke nahm Butter, Schinken und Eier aus dem Eisschrank. Das Wasser lief mir im Maul zusammen. Das war's: Ich mußte vor lauter Hunger halluziniert haben!

Gerade als Silke die Pfanne auf den Herd gestellt hatte, klingelte es. Vor der Tür stand Iris, wonnig anzusehen in einem dottergelben Kostüm und viel Gold an Ohren, Hals, Handgelenken und Fingern. Sie hielt eine Flasche an die Brust gedrückt.

»Du hier?!« rief Silke. »Habt ihr nicht gestern Haralds Geburtstag gefeiert? Bei dir? Zu zweit allein?«

Iris zog ein Gesicht, als habe sie in eine Zitrone gebissen. »Müssen wir das im Treppenhaus besprechen, oder darf ich reinkommen?«

Silke servierte eine Riesenportion Rühreier mit Schinken. Ich saß rechts von ihrem Stuhl, Nemo links. Vorbei waren die Zeiten, als er noch nicht wußte, was ihm entging. Neuerdings hieß es: drei Happen für Silke, ein Häppchen für mich, eins für ihn. Schweigen herrschte am Tisch (wenn man von Nemos Schmatzen mal absah), da Silke und Iris sich voll und ganz dem Genuß ihres Frühstücks widmeten. Erst als die Teller leer waren und Silke frischen Kaffee gebracht hatte, sagte Iris: »Das war gut! Wenn du eins kannst, Schnucki, dann sind's Rühreier. Und jetzt hol den Schampus aus dem Kühlschrank.«

Silke grinste. »Geh ich recht in der Annahme, daß es sich dabei um meinen Wettgewinn handelt?«

Ich spitzte die Ohren. Wenn Silke gewonnen hatte, dann hatte ich auch gewonnen. Hundert imaginäre Fischköpfe, die ich mir immerhin mental auf der Zunge zergehen lassen konnte.

»Wenn man's genau nimmt, hast du gar nicht gewonnen. Aber ich hab heut meinen großzügigen Tag. Harald hat gestern eine Sechserkiste als Gastgeschenk mitgebracht.«

Silke köpfte die Flasche (es handelte sich, wie sie voller Respekt bemerkte, nicht um ›Pommery‹, sondern um den wesentlich teureren ›Veuve Clicquot‹), schenkte ein. Man stieß an und trank.

»Und?« fragte Silke.

Iris zuckte die Schultern und breitete die Hände aus. »Wir bleiben gute Freunde, Harald und ich.«

»So so«, machte Silke. »Und?«

Iris wurde ein bißchen rot. »Nix und! Einmal in der Woche wollen wir zusammen Tennis spielen. Harald meint, die Vorhand klappt jetzt ganz gut. Ich treffe schon zwei von zehn Bällen.«

Silke kniff die Augen zu schmalen Schlitzen zusammen und beugte sich vor. »Ich warte.«

Iris wurde noch röter und griff nach ihrem Glas. »Ehm … worauf denn, Schnucki?«

»Auf eine ausführliche Erklärung.«

»Was gibt's da zu erklären? Du und Ingo und Tom – ihr seid doch auch gute Freunde!«

»Das ist was anderes, und das weißt du genau! Also versuch nicht, mich für blöd zu verkaufen. Du willst nur nicht zugeben, daß ich recht hatte mit Mutti. Die war's nämlich, an der sich eure Romanze die Zähne ausgebissen hat!«

»Nein«, meinte Iris mürrisch.

»Ha!« rief Silke. »Und ob!«

»Wenn du's genau wissen willst: Es hatte was mit Chemie zu tun!« fauchte Iris.

»Ach was!« sagte Silke voller Interesse und stützte die Ellbogen auf dem Tisch auf. »Red's dir nur von der Seele. Ich bin ganz Ohr!«

»So was Penetrantes wie dich gibt's nur einmal auf der Welt. Gottlob«, stöhnte Iris.

Ich wanderte zum Sofa, um es mir auf meiner Decke gemütlich zu machen. Nemo sprang auf Silkes Schoß und schnüffelte an ihrem leeren Teller. »Alle, alle«, sagte

Silke und kraulte ihn hinter den Ohren. Er kniff die Augen zu vor Wonne und schaltete den Motor ein.

»Vielleicht sollte ich mir auch einen Kater zulegen«, meinte Iris. »So einen schönen puscheligen wie Puschkin. Mit großen goldenen Augen.«

Herzlichen Glückwunsch zu deinem exquisiten Geschmack, liebe Iris!

»Aber Nemo ist auch süß«, fügte Iris hinzu. »Und fusselt bestimmt nicht so.«

Grrrr. Wie wär's mit einer garantiert fusselfreien Katze aus Pappmaché, Iris?

Silke streichelte Nemo und berichtete, daß noch ein schwarz-weißes Kätzchen im Tierheim auf ein gutes Zuhause warte. Und da sei auch noch ein getigerter Kater, acht Monate alt; ein schwarzer mit Lätzchen und weißen Pfoten, ein knappes Jahr alt. Iris verzog das Gesicht. Für einen Moment sah sie aus, als ob sie weinen wollte. Hastig setzte Silke Nemo auf dem Boden ab, griff über den Tisch nach der Hand der Freundin und drückte sie.

»Iris ... Hey ...«

Iris hatte sich wieder gefaßt. »Schon gut«, sagte sie. »Ich hab mir bloß grad vorgestellt, wie's in zwanzig Jahren sein wird: da hocke ich mit zehn Katzen in meiner Wohnung, hab den ersten Face-Lift hinter mir. Den Mann fürs Leben hab ich immer noch nicht gefunden. Dafür spiele ich jeden Sonntag mit meinem Kumpel Harald Tennis, und anschließend essen wir bei Mutti Käsesahnetorte ...«

»Also doch Mutti!« rief Silke.

Iris winkte ab. »Ach, vergiß Mutti. Ich, Schnucki, *ich* bin das Problem. Nicht Mutti.«

Silke riß Mund und Augen auf. »Du?!«

Iris nickte. »Ich wollte, daß *es* endlich passiert. Haralds Geburtstag kam mir grade recht. ›Nix da Party, nix da schickes Restaurant‹, sag ich zu Harald. ›Wir feiern bei mir, zu zweit allein. Gaaanz ungestört. Das Telefon wird abgestellt, die Türklingel auch. Und dein Handy läßt du wie versprochen im Auto. Damit's nicht geht wie beim letzten Mal!‹«

Silke zog die Augenbrauen hoch. »Beim letzten Mal? Was war da?«

»Wir waren im Tennisclub. Die hatten da Oktoberfest, mit bayerischem Bier, Weißwurst und Brezen. War ganz lustig. So um zwölf fährt Harald mich nach Hause. Sag ich: ›Komm doch noch mit rein, auf ein Glas.‹ Na, Harald steht der Sinn nicht nach Bier. Zum ersten Mal seit wir zusammen sind, läßt er seiner Leidenschaft freien Lauf. Wir knutschen wild auf dem Sofa rum, grad hat er mit Müh und Not meinen BH aufgehakt, die meisten Männer stellen sich da ja selten dämlich an …«

»Stimmt«, bestätigte Silke.

»Er schmeißt das Ding auf den Boden. Ich will ihm das Unterhemd über den Kopf ziehen. Da klingelt das gottverdammte Handy los. ›O verflucht‹, stöhnt Harald, ›das ist bestimmt Mutti.‹

›Laß klingeln‹, murmle ich und zupfe an dem Unterhemd rum.

›Aber es ging ihr nicht gut heute‹, murmelt er in mein Haar, ›sie hatte so Herzrasen und Kopfschmerzen …‹

Das Handy klingelt und klingelt.

›Es steckt in der Jackettasche‹, sagt Harald hektisch. ›Nur, wo ist das Jackett?‹

War ich auf einer Skala von eins bis zehn vorher so ungefähr auf zweieinhalb aufgeheizt, stürzt meine Leidenschaft jetzt in die nicht meßbare Arktis.

›Dein Jackett liegt da, wo du's eben hingeschmissen hast‹, sag ich. ›Hinter dem Sofa.‹

Er angelt sich das Teil (feinster Kaschmir), wobei er mich fast plattwalzt, schnappt sich das Handy. Ja, es ist Mutti. Sie wolle nicht stören! Aber es gehe ihr viel besser, weil sie zwei Aspirin geschluckt und einen Baldriantee getrunken habe. Jetzt ginge sie ins Bett, mit einer Wärmflasche. Das habe sie Harald nur sagen wollen, damit er sich keine Sorgen macht. ›Ja. Fein‹, brummt Harald. ›Schlaf schön, Mutti.‹

Na gut. Wir machen also da weiter, wo wir aufgehört haben. Auf der Skala von eins bis zehn bin ich auf noch nicht erfaßten Bodenfrosttemperaturen. Harald hat sich grade bis zu meinem Slip vorgearbeitet, während ich ihm die linke Socke ausziehe. Reine Seide, von ›Boss‹. Da schrillt das gottverdammte Handy wieder los. Es ist Mutti. In Tränen aufgelöst, was sie aber nicht hindert, so laut zu zetern, daß ich sie mühelos verstehen kann, weil Harald das Handy weit vom Ohr weghält. Mutti ist vor dem Schlafengehen noch mal mit Bodo um die vier Ecken gegangen, leider ohne Leine. Und jetzt ist Bodo verschwunden, und sie steht in der Blütenstraße und weiß nicht weiter.

›Herrgott noch mal!‹ brüllt Harald. ›Hast du denn die Hundepfeife nicht mit?‹

›Nein‹, schnieft Mutti. ›Ich konnte doch nicht wissen, daß plötzlich aus dem Nichts so eine fette schwarze Katze auftauchen würde!‹

›O nein! Etwa der Kater von Silke Schneider?‹

›Nein, nein‹, beruhigt ihn Mutti. ›So weit läuft der nicht. Außerdem war das Tier noch dicker und hatte ein kurzes Fell.‹

›Ich komme‹, knirscht Harald.

Hechtet in seine Klamotten, küßt mich noch einmal und rast zur Tür raus.«

Während Iris erzählte, hatte Silke sich tapfer auf die Lippen gebissen. Jetzt war es mit der Beherrschung vorbei. »Tut mir leid«, kicherte sie, »es ist wirklich nicht persönlich gemeint, Iris-Maus, aber oooohh, lustig ist es schon.«

»Findest du?« erkundigte sich Iris kühl.

»Ja!« quietschte Silke und wischte sich eine Lachträne aus dem Augenwinkel. Dann wurde sie schlagartig ernst. »Sag … hat Bodo denn nun diese arme Katze erwischt?«

Iris grinste und schüttelte den Kopf. »Dafür erwischte es Mutti. Erkältete sich bei ihrem Ausflug und mußte drei Tage das Bett hüten.«

»Geschieht ihr recht!« sagte Silke. »Alter Katzenschreck!«

Ganz meine Meinung, Silke!

Iris trank einen Schluck Champagner. Die goldenen Reifen an ihren Handgelenken klimperten. »Ich war stinksauer. Auf Mutti und auf Harald. Ich saß in der Unterhose auf dem Sofa und hab gedacht: Silke hat recht. Gegen die alte Urschel kommst du nicht an. Willst du auch gar nicht mehr! Die kann ihr Bübchen behalten, andere Mütter haben auch nette Söhne und kleben überdies nicht wie Uhu an ihren Sprößlingen! Aber am nächsten Tag, kurz vor Geschäftsschluß, stand plötzlich Harald im

Laden. Mit einem riesigen Strauß roter Rosen. Lisa, Babs und die Chefin werden grün vor Neid, als er sie mir überreicht.

›Es tut mir furchtbar leid, Iris‹, sagt Harald leise. ›Aber ich mußte doch Bodo wieder einfangen!‹

Ich schaue ihn bloß an, fünfzig Grad minus im Blick.

Er läßt den Kopf hängen. ›Ich hab mich mit meiner Mutter ausgesprochen‹, flüstert er. Er tat gut dran, zu flüstern, weil alle im Laden die Ohren auf Elefantenformat entfaltet hatten.

Ich schüttel bloß den Kopf.

Er guckt mich flehend an mit seinen runden Seehundaugen und sagt: ›In Zukunft wird alles anders, ich versprech's!‹ Na, da werde ich doch weich. Außerdem bin ich gespannt zu erfahren, wie sein Gespräch mit Mutti verlaufen ist. ›Okay‹, zischele ich. ›Warte im »Sunset« auf mich. Ich bin in zehn Minuten da.‹«

Iris legte eine kleine Kunstpause ein, in der sie sich eine Haarsträhne hinters goldgeschmückte Ohr schob. »Obwohl Mutti sich gar nicht wohlfühlte, weil der Schnupfen bereits seine Tentakel nach ihr ausgestreckt hatte, hatte Harald Tacheles mit ihr geredet. Beim Frühstück, das sie ihm mit Leidensmiene servierte. Er sei nicht mehr bereit, habe er ruhig und bestimmt zu ihr gesagt, sich dauernd von ihr gängeln zu lassen. Er wolle Zeit mit mir allein verbringen, ohne ständiges Handygeklingel. Wenn Mutti seine Intimsphäre nicht respektieren wolle, sehe er sich gezwungen, sich eine eigene Wohnung zu nehmen. Mutti habe von Wort zu Wort leidender ausgesehen, die bittere Medizin aber widerspruchslos geschluckt. Zu Haralds (und meinem) grenzenlosem Erstaunen.

›Es tut mir leid, wenn ich eine Last für dich bin, Junge‹, habe sie nur gesagt. ›Ich weiß, ich bin manchmal anstrengend. Aber ich hab dich lieb! Die jungen Dinger heutzutage, die wissen doch gar nicht, was Liebe ist!‹

Irgendwie kann sie einem ja doch leid tun, die alte Urschel. Harald ist ihr einziges Glück im Leben. Den drückte gleich das schlechte Gewissen. Du bist nicht anstrengend, lag ihm schon auf der Zunge, und natürlich kannst du mich anrufen, wann immer du willst, auch wenn ich gerade mit Iris im Bett liege. Aber er schluckte es mit heldenhafter Anstrengung runter und sagte: ›Ich hab dich auch lieb, Mutti. Und du bist keine Last für mich. Aber mein Leben muß ich allein leben.‹

Ich war gerührt. ›Das hast du richtig gut gesagt‹, lobe ich. ›Deutlich, aber freundlich.‹

Er strahlt mich an: ›Und ist jetzt alles wieder gut?‹ Wie ein kleiner Junge sah er aus. Im Überschwang mütterlicher Gefühle geb ich ihm einen Kuß auf die Nasenspitze. Und bin plötzlich erschrocken. Mütterliche Gefühle?! Höchste Zeit, meinen Hormonhaushalt zu sanieren! Harald legt den Arm um mich, ich kuschle mich an ihn. Mir fällt ein, daß ich so abends mit meinem Bruder vor dem Fernseher gesessen hab, als wir klein waren. Aber Harald ist nicht mein Bruder, und so sag ich das mit seinem Geburtstag. Von wegen zu zweit allein und ganz ungestört. Harald ist Feuer und Flamme und verschlingt mich mit höchst unbrüderlichen Blicken. Und da denke ich, dieser Geburtstag wird so heiß, den vergißt er sein Lebtag nicht.

Na, ich besorg Lachs und Krabbensalat und Stangenweißbrot. Harald bringt Weißwein mit und den Champagner. Ich hab den Tisch schön gedeckt, für Schummerbeleuchtung gesorgt, im Hintergrund dudelt leise ›Kuschelrock 11‹. Ich hab mein kleines Schwarzes von TomTom True an, hatte ich letzten Winter mal bei uns im Ausverkauf ergattert. Drunter einen schwarzen Spitzen-BH, einen Minitanga, Strapse und schwarze Seidenstrümpfe mit Naht. Wir stoßen an auf Haralds Wohl, ich überreich ihm mein Geschenk: Rasierwasser. ›Roma‹. Er ist hoch begeistert, besonders über mich. Küßt mich wild, fängt an, mich auszuziehen. Eigentlich hatte ich mich ja als Dessert eingeplant, aber wenn ihm der Sinn nach einer Vorspeise steht, soll's mir recht sein. Ich knöpfe sein Hemd auf und warte darauf, daß sich auf der Skala von eins bis zehn was tut bei mir. Eins, anderthalb. Eindreiviertel. Und dabei bleibt's, obwohl Harald streichelt und küßt und selbst schon sichtlich auf neundreiviertel ist. Es passiert auf meiner neuen nachtblauen Satinbettwäsche. Und während Harald seufzt, daß ich ihn sehr, sehr gücklich gemacht habe, denke ich: Nein. Das kann's nicht sein. Die Chemie stimmt nicht zwischen uns. Es gibt Substanzen, da wird nun mal kein Feuerwerk draus, wenn die sich mischen … verstehst du, was ich meine, Schnucki?«

»Ich glaub schon«, sagte Silke teilnahmsvoll.

Was ich von mir nicht behaupten konnte. Was wollte Iris denn mit Knallkörpern und Leuchtraketen in ihrem Bett?! Iris nickte. »Das mußte ich ihm auf der Stelle schonend beibringen, denn wenn die Chemie nicht stimmt, kannst du den Rest glatt vergessen. ›Ich mag dich unheimlich gern, Harald‹, setz ich also vorsichtig an. ›Und ich fand's auch schön mit dir im Bett, zärtlich, kuschlig, alles …‹

Da guckt er mich an mit so einem traurigen Seehundblick und sagt: ›Aber der Himmel ist nicht eingestürzt.‹

›Nicht direkt‹, gebe ich zu. Männer sind ja so sensibel, man kann ihnen nicht gleich die ganze grausame Wahrheit ins Gesicht klatschen.

Da guckt er noch trauriger und sagt: ›Ich bin der beste Bruder, den sich eine Frau nur wünschen kann. Stimmt's?‹

Ich bin verdattert, aber da er haargenau den Nagel auf den Kopf getroffen hat, platze ich raus: ›Ja, stimmt!‹

Er nickt, sein Gesicht ist voller Kummerfalten. ›Und du möchtest, daß wir gute Freunde bleiben. Weil du mich liebst wie einen Bruder und schrecklich gerne mit mir zusammen bist.‹

Langsam wird er mir unheimlich. Kann er etwa Gedanken lesen? Ich muß wohl ein ziemlich dämliches Gesicht gemacht haben, denn er grinst. Es ist ein angestrengtes Grinsen, das die Kummerfalten nicht ausbügeln kann. Er tut mir so leid, daß ich sekundenlang versucht bin, Chemie Chemie sein zu lassen. Aber Sex, der sich wie Inzest anfühlt, kann mich nicht glücklich machen, ich weiß es. Harald nimmt meine Hand und streichelt sie. ›Ach, Iris‹, sagt er. ›Jetzt fragst du dich, woher ich das alles weiß, hm?‹

›Um ehrlich zu sein … ja!‹ gebe ich zurück.

›Weil mir bisher alle Frauen, mit denen ich zusammen war, über kurz oder lang das gleiche gesagt haben. Eine hat's noch deutlicher formuliert: Harald, hat sie gesagt, Harald, du hast einfach keinen Sex-Appeal. Sorry.‹

Haralds Augen glänzen verdächtig, er wendet den Kopf ab. Ich streiche ihm zart über die Wange. ›Ach, Harald‹, sag ich, ›das ist nicht wahr. Du hast bloß noch nicht das große Los gezogen, das ist alles!‹

›Großes Los?‹ fragt er erstickt.

Ich erklär ihm die Statistik mit dem einen Hauptgewinn unter tausend Nieten. Warum soll's bei Männern schließlich anders sein?«

Ganz meine Rede, Iris!

»Stimmt«, meinte Silke nach kurzem Nachdenken. »Obwohl ich mir darüber noch nie Gedanken gemacht hab, das muß ich zugeben.«

»Ich vorher auch nicht. Aber Harald schien's zu trösten. Wir haben uns wieder angezogen, sind rübergegangen ins Wohnzimmer. Haben was gegessen, ein Glas Wein getrunken und miteinander gequatscht. Wie Freunde halt.«

An dieser Stelle stieß Iris einen tiefen Seufzer aus. »Tja. Jetzt bin ich um einen Freund reicher. Aber schon wieder solo.«

Silke ergriff Iris' Hand und schüttelte sie. »Willkommen im Club. Wieder mal.«

Als die Kuckucksuhr sechs schlug, gingen Silke und Iris aus dem Haus. Sie hatten mit Anja telefoniert und ausgemacht, daß man gemeinsam essen gehen und anschließend im »Sunset« und in der »Linse« vorbeischauen wolle. Vielleicht auch noch im »Inferno«, Silke hatte Lust, mal wieder richtig abzutanzen.

»Ich dusch nur schnell und zieh mich an«, verkündete Silke und verschwand im Bad.

Iris setzte sich neben mich aufs Sofa und blätterte in einer Zeitschrift. Als Silke nach Ewigkeiten wieder zum Vorschein kam, stieß sie einen Pfiff aus. Silke trug ihr TomTom-True-Kleid und darüber ein kurzes gewickeltes Strickjäckchen in schwarz. Sie hatte ihre Haare mit dem Lockenstab gekringelt und war schön farbenfroh im Gesicht.

»Wow!« sagte Iris voller Begeisterung. »Endlich erkennt man dich wieder! In der letzten Zeit bist du rumgelaufen wie Karin mit blonder Perücke und zehn Pfund mehr auf den Rippen!«

»Höchstens vier!« verbesserte Silke, übers ganze Gesicht strahlend.

Beschwingt zogen die beiden los. Ich schloß die Augen, streckte mich, gähnte. Fragte mich, was für einen Typ Silke wohl heut nacht anschleppen würde.

P.S. Sie kam pünktlich um zwölf heim, wie Aschenputtel im Märchenfilm. Allein.

Silke schlief unruhig. Wälzte sich hin und her, murmelte vor sich hin. Sehr ungemütlich. Ich kroch unter der Decke hervor und begab mich zum Fußende des Bettes, so weit weg von Nemo wie möglich, und wollte mich gerade zusammenrollen, als ich hörte: *Allein kriegt sie's nicht auf die Reihe. Wetten?*

Aaah! Schon wieder die Geisterstimme! Aber diesmal würde ich kämpfen! Ich machte einen Buckel, legte die Ohren an und fauchte: Wer da? Zeig dich, Feigling!

Blas dich nicht so auf, Dicker, hörte ich. Von – fast hätte mich der Schlag getroffen – Nemo! Es konnte keinen Zweifel geben. Da hockte er, hellwach, sah mir frech in die Augen. Seine Schnurrhaare zuckten. Er lachte mich aus! Ich war so schockiert, daß ich mich erst mal setzen mußte. Wie von selbst befeuchtete meine Zunge eine Vorderpfote, mit der ich über ein Ohr wischte. Das ist so bei Felis silvestris catus: Wenn uns gar nichts mehr einfällt, überfällt uns der Waschzwang. Und der ist ansteckend. Wenn eine Katze sich putzt und eine andere ist in der Nähe, fängt sie auch mit der Körperpflege an. Nemo streckte ein Hinterbein aus und knabberte und leckte, während ich meine Vorderfront bearbeitete. Das ging eine ganze Weile so. Dann hatte ich mich so weit erholt, daß ich mich erkundigen konnte, seit wann er denn der Sprache mächtig war.

Er blinzelte erstaunt. *Na, immer schon. Warum?*

Na, weil du außer ›Hunger! Essen!‹ in diversen Variationen nie ein vernünftiges Wort von dir gegeben hast, deshalb! fauchte ich.

Er überlegte einen Moment. *Doch. Gestern,* kam es zurück. Seine Schnurrhaare zuckten wieder. *Als ich Silke meine Wünsche hinsichtlich der Zubereitung von Rühreiern mitteilte. Du bist vielleicht in die Luft gegangen, Dicker!*

Batsch, hatte ich ihm eins mit der Pfote übergezogen. *Wenn du mich noch einmal Dicker nennst, mach ich Hackfleisch aus dir!* warnte ich. Eine leere Drohung, weil ich a) gräßlichen Ärger mit Silke bekäme und womöglich im Tierheim landen würde und b) diese Unterhaltung sicher an Faszination einbüßen würde, wenn ich gezwungen wäre, sie mit einer Portion Katzenhack zu führen. Nemo schien jedoch beeindruckt.

Okay, okay, Di … äh, ich meine, Puschkin! sagte er

begütigend. *Reg dich nicht auf. Laß uns lieber über Silke reden.*

Über Silke? Wieso?

Er seufzte. *Weil sie unglücklich ist. Deshalb.*

Das war ihm aufgefallen? Ich konnte es kaum fassen. Wo er doch seine gesamte Zeit mit schlafen, fressen, spielen, Nachbarschaftsbesuchen, schleimbeuteln und im Katzenklo scharren vertrödelte.

Neugierig fragte ich: *Und warum, glaubst du, ist Silke unglücklich?*

Das weißt du doch genausogut wie ich, kam es gelangweilt zurück. *Weil sie ein Männchen braucht und keins findet.*

Wo er recht hatte, hatte er recht, auch wenn ich es ungern zugab. *Sie will eben nicht irgendeins*, sagte ich mürrisch.

Ja, ja, gab Nemo zurück. *Das mit der ganz großen Liebe, die gefälligst an ihre Tür klopfen soll, hab ich auch mitgekriegt. Aber wie gesagt: Allein kriegt sie's nicht auf die Reihe.*

Auch da mochte er recht haben. Aber was hatte das mit uns zu tun?

Er schien mir die Gedanken an den Schnurrhaaren abzulesen. *Also, wenn wir die Sache nicht in die Pfoten nehmen, wird nie was draus.*

Sein überheblicher Ton ärgerte mich. *Ach nee*, sagte ich. *Und was schlägst du vor? Soll ich Silke vielleicht eine Maus fangen? Als Trostpreis?*

Ich weiß was Besseres! tuschelte er, rutschte näher und flüsterte in mein Ohr. Was er zu sagen hatte, klang so simpel und einleuchtend, daß ich mich ärgerte, nicht selbst auf die Idee gekommen zu sein. Aber der Ärger verflog im Nu. Das Jagdfieber hatte mich gepackt!

Es war noch dunkel. Und kalt, in der Nacht mußte es den ersten Frost gegeben haben. Ich tappte über rauhreifbedeckte Wiesen, quetschte mich durch eine Hecke. Fremde Gerüche, fremde Geräusche. Ich hatte meine Reviergrenze schon weit überschritten und fühlte mich unbehaglich. Nemo an meiner Seite war mir ein schwacher Trost.

Ist es noch weit? fragte er ängstlich alle drei Schritte. Dabei war der Ausflug schließlich seine Idee gewesen.

Ruhe, brummte ich. *Ich muß mich konzentrieren.*

Weiter. Immer geradeaus. Ein großer Kirschbaum hatte im Garten gestanden … Da! Da war er. Und das Haus mit der Terrasse. Im Erdgeschoß brannte Licht.

Da ist es! rief ich.

Wir liefen zur Haustür. Hörten eine Wohnungstür ins Schloß knallen. Schritte näherten sich.

Er kommt! zischte Nemo. *Los jetzt!*

Ich legte mich auf der Fußmatte langausgestreckt auf die Seite. Machte mich ganz schlaff, kniff die Augen zu einem schmalen Spalt zusammen, damit mir auch ja nichts entging. Und harrte der Dinge, die da kommen würden. Nemo pflanzte sich vor der Matte auf und stimmte ein erbärmliches Gezeter an. *Iaouuuiaouuuu!* heulte er. *Iauooouuuu!*

Die Haustür wurde aufgerissen. Durch meinen Augenspalt sah ich zwei große Füße in Laufschuhen. »Ja, Roter!« rief der Läufer. »Was machst du denn hier … oh!« Sein Blick war auf mich gefallen, den todkranken schwarzen Kater. Wie der Blitz kniete er neben mir und tastete mich sanft ab. Fast hätte ich geschnurrt, konnte mich aber gerade noch beherrschen.

»Ach, Dicker, was hast du denn? Bist du verletzt? Krank?«

Ich rührte mich nicht.

Nemo hatte aufgehört zu jaulen und rieb sich am Joggerknöchel. Der Läufer streichelte ihn geistesabwesend. »Du machst dir auch Sorgen um deinen großen Freund, was?«

Jajaja! sagte Nemo ungeduldig. *Alles was du willst! Aber jetzt bring ihn heim, zu Silke.*

Zur Bekräftigung gab ich ein ersticktes Röcheln von mir.

Der Läufer hockte da, eine Hand auf meinem Bauch. Sein Gehirn arbeitete vernehmlich auf Hochtouren. »Gleich zum Tierarzt? Oder erst heim? Das Haus mit der Forsythie davor … da wohnt ihr doch bestimmt?«

Jaha! schrie Nemo. *Jetzt setz dich endlich in Bewegung! Mir ist kalt, und ich will mein Frühstück!*

Ich röchelte wieder.

Der Läufer schwitzte jetzt vor lauter Aufregung. »Ja, mein Dicker. Ist ja gut! Ich bring dich heim, nur keine Panik!«

Wer hatte hier Panik, hmmm?

Er hob mich auf und trug mich behutsam die Straße entlang zum Haus, wobei er ununterbrochen beruhigend auf mich einredete. Nemo rannte mit steil aufgerichtetem Schwanz vorneweg.

Gerade als der Läufer die Klingelknöpfe inspizierte und verzweifelt versuchte zu entscheiden, bei wem er nun schellen sollte, ging die Haustür auf. Heraus kam Lotte Schäfer, auf dem Weg zur Frühschicht im Altenheim. Sie warf einen Blick auf den Läufer, dann auf mich. Stieß einen Schrei aus und rannte in den Flur. Hämmerte wie eine Wahnsinnige an Silkes Wohungstür und kreischte: »Silke! Silke! Mach auf! Dein Puschkin ist tot!«

Die Versicherung des Läufers, daß ich keineswegs tot sei, stieß auf taube Ohren. Kein Wunder, so laut wie Lotte kreischte!

Die Wohnungstür flog auf. Da stand Silke, schreckensbleich, mit verwuschelten Haaren in einem kurzen Nachthemdchen. »Puschkin?« krächzte sie.

Lotte trat zur Seite und gab den Blick frei auf den Läufer und mich in seinen Armen.

»Den Dicken hat's erwischt«, sagte Lotte. »Wirklich schade drum. War ein nettes Tierchen. Aber du hast ja noch den süßen Roten zum Trost.«

Sie bückte sich, um Nemo zu streicheln, der um ihre Beine strich. Manchmal hasse ich Lotte, ich kann's nicht leugnen.

Silke preßte die Hände vor den Mund und fing an zu schluchzen.

Der Läufer war bei Silkes Anblick feuerrot im Gesicht geworden, ich hatte es genau gesehen.

Jetzt stotterte er: »Der Kater ist nicht tot, wirklich nicht! Aber er muß schnellstens zum Tierarzt!«

Lotte steckte einen Finger in mein Ohr.

»Er hat gezuckt!« schrie sie so laut, daß ich dem Läufer beinah vom Arm gehüpft wäre. »Er lebt noch, tatsächlich!« Sie beäugte mich kritisch und fügte hinzu: »Aber so wie's aussieht, macht er's nicht mehr lange.«

Warte nur, Lotte! Der Tag der Abrechnung wird kommen. Wie wär's mit einer toten Maus vor deiner Tür?

Jetzt reichte es dem Läufer. »Sie wollten doch gerade aus dem Haus gehen, oder?« sagte er energisch zu Lotte.

Die trat erschrocken einen Schritt zurück. »Sie brauchen gar nicht so unfreundlich zu sein, junger Mann! Ich mein's nur gut!« gab sie beleidigt zurück.

»Tschüs, Lotte«, stieß Silke hervor und zog den Läufer am Ärmel in die Wohnung. Machte die Tür zu. Machte sie noch mal auf, damit Nemo hereinschlüpfen konnte.

Sie standen im Flur, Silke und der Läufer. Silke streichelte mich mit Tränen in den Augen. »Wo haben Sie ihn gefunden?« flüsterte sie.

»Vor meiner Haustür«, sagte der Läufer leise. »Lag da, ganz schlaff. Der Rote war auch dabei …«

Silke nahm mich in ihre Arme. Streichelte mich. Flüsterte wieder und wieder: »O Puschkin, Puschkin …«

»Wenn Sie möchten, fahr ich mit Ihnen zum Tierarzt«, sagte der Läufer. »Kein Problem. Ich muß erst um halb neun zur Arbeit …«

»Ich … ich muß erst anrufen … Der Doktor schläft sicher noch. Es ist doch noch so früh …«

»Ich mach das schon. Wo ist das Telefon?«

»Im Wohnzimmer …«, sagte Silke und schaute dem Läufer zum ersten Mal direkt in die Augen. Er schaute zurück. Die Luft im Zimmer lud sich auf wie bei einem Gewitter.

Oooh, dachte ich entzückt. Es knistert tatsächlich. Und wie! Gleich sprühen die Funken. Heiß, heißer …

Willst du da oben Wurzeln schlagen, Dick … äh, ich meine Puschkin? meldete sich Nemo zu Wort.

Ach ja, richtig. Vor lauter Begeisterung hätte ich beinahe die Wunderheilung verschwitzt. Ich spannte die Muskeln an, zappelte und war mit einem eleganten Satz zu Boden gehüpft. Das riß Silke und den Läufer schlagartig aus ihrer Versenkung.

»Puschkin!« rief Silke.

»Dicker!« rief der Läufer.

Ich erklärte ihnen kurz, daß ich wieder ganz wohlauf sei. Setzte mich hin und fing an, mich zu putzen.

Sie gingen vor mir auf die Knie. Streichelten mich. Ihre Hände berührten sich. Sie zogen sie nicht zurück. Der Läufer wurde rot. Silke auch.

»Ich heiß Andreas«, sagte der Läufer. Und lächelte.

»Ich heiß Silke«, sagte Silke. Und lächelte zurück.

Funken sprühten zwischen ihnen, ach was, es brannte so lichterloh, daß ich um meinen Pelz fürchtete.

Nemo verkündete laut, daß es Zeit fürs Frühstück sei. Dem konnte ich mich nur anschließen. Ich schlüpfte unter Silkes und Andreas' Fingern durch und nahm Kurs auf die Küche. Makrele in feiner Jelly, Silke, bestellte ich. Mit Bierhefe drüber. Wir haben es uns verdient!

Andreas mußte lachen. »Miau-mio! Ganz der alte. Putzmunter sieht er aus. Nicht zu fassen!«

»Ein Wunder!« flüsterte Silke andächtig.

Sie schauten sich wieder in die Augen.

Und dann küßten sie sich. Lange. Zärtlich. Hingebungsvoll. Nemo rieb seinen Kopf an meiner Schulter. Ich schlug mit der Pfote nach ihm, aber halbherzig und ohne Krallen. Er wich geschickt aus. Seine Augen glänzten, die langen hellen Schnurrhaare zuckten vor Vergnügen. Wir setzten uns hin, wickelten unsere Schwänze um die Vorderpfoten und warteten geduldig. Junges Glück soll man nicht stören, auch wenn der Magen knurrt. Ob die beiden hörten, wie laut wir im Duett schnurrten?

P.S. Als der Kuß zu Ende war, servierte uns Silke tatsächlich Makrele in feiner Jelly, mit reichlich Bierhefe bestreut. Und zum Nachtisch gab's Katzendrops.

Monate später:

Es ist Mitte März. Die Forsythie blüht vor dem Haus, die Blutjohannisbeere auch. Die Vögel turteln im Sonnenschein und bauen Nester. Silke ist immer noch selig vereint mit ihrem Andreas, so selig wie Karin mit ihrem Marco. Anja und Iris haben das große Los unter tausend Nieten immer noch nicht gezogen. Aber es gibt ja noch Anjas schwarz-weißes Katzenpärchen aus dem Tierheim und Iris' getigerten Kater (auch aus dem Tierheim). Ob die die Sache wohl in die Pfoten nehmen werden?

Nemo und ich liegen auf Silkes Liegestuhl, den sie schon mal hoffnungsvoll vom Keller auf die Terrasse geräumt hat. Der Rote ist jetzt größer als Nachbars Zwergdackel, aber nicht so groß und stattlich wie ich. Die Pelzbällchen unter seinem Schwanz sind verschwunden, was eindeutig auf einen Besuch bei Tierarzt Dr. Michel zurückzuführen ist. Als Silke Nemo im Transportkorb hinkarrte, waren sie noch da. Als er beduselt und seltsam riechend zurückkam, nicht mehr. Es handelte sich wohl um krankhafte Wucherungen, die entfernt werden mußten.

Seit wir im Herbst gemeinsam ein Männchen für Silke erlegt haben, verstehen Nemo und ich uns ganz gut. Er ist zwar nach wie vor nicht der Gesprächigste, aber was er an

Gedankengut unter seinen Tütenohren hervorzaubert, wenn ihm der Sinn danach steht, verblüfft mich immer wieder. Eben blinzelte er faul in die Sonne und sagte, so aus heiterem Himmel: *Ob Silke wohl bald ein Junges kriegt?*

Ich hielt mitten in der Waschung meines linken Hinterbeins inne. *Silke? Ein Junges? Unmöglich. Sie ist nicht rollig. Von trächtig ganz zu schweigen.*

Nemos Schnurrhaare zuckten. *Bei Homo sapiens läuft das anders ab,* meinte er lässig.

O wie ich es hasse, wenn er sich so aufbläst. In Momenten wie diesen möchte ich ihn immer noch gern Lotte Schäfer servieren, küchenfertig angerichtet, mit einer toten Maus im Maul.

Was du nicht sagst! gab ich so herablassend wie möglich zurück. *Und du weißt natürlich ganz genau, wie's geht, ja?*

Nemo konnte sich ein selbstzufriedenes Schnurren nicht verkneifen. *Klar. Menschen lassen sich ihre Jungen bringen. Vom Storch. Gestern hat Lotte zu Silke gesagt: Silke, du strahlst so glücklich und dein netter junger Mann auch. Ihr seid ein richtig schönes Paar! Wenn du mich fragst: Höchste Zeit zum Heiraten. Damit ihr beim Storch was Kleines bestellen könnt. Du wirst ja nicht jünger.*

Das erheiterte mich so, daß ich niesen mußte. Ach, wie war er doch jung und dumm, daß er auf Lottes müde Witze hereinfiel.

Nemo, sagte ich, nachdem ich mich wieder beruhigt hatte. *Das stimmt nicht. Ich weiß genau, daß Menschenjunge im Bauch der Mutter wachsen!*

Ha! rief er ungläubig. *Und wie sollen sie da reinkommen, kannst du mir das mal erklären, bitteschön?*

Da hatte er unwissentlich die Kralle auf einen wunden Punkt gelegt. Wie bereits erwähnt, ist die menschliche Fortpflanzung ja eines der wenigen Geheimnisse des Universums, die ich bis jetzt noch nicht vollständig zu ergründen vermochte. Aber nie im Leben hätte ich das vor Kater Neunmalschlau zugegeben.

Also sagte ich: *Das ist doch ganz einfach. Sie kommen von selbst rein! Wie Mäuse in den Schuppen.*

Er sah mich enttäuscht an. *Wie langweilig*, murrte er.

Wo er recht hatte, hatte er recht.